Die Meisterbläser

Ernste und kauzige Geschichten

von

Roland Betsch

Bibliografische Information der Deutschen Nationalbibliothek. Die Deutsche Nationalbibliothek verzeichnet
diese Publikation in der Deutschen Nationalbibliografie;
detaillierte bibliografische Daten sind im Internet über
http://dnb.d-nb.de abrufbar.

Die Meisterbläser - Ernste und kauzige Geschichten
von Roland Betsch.

Roland Betsch wurde 1888 in Pirmasens geboren und
starb 1945 in Ettlingen. Er war Ingenieur und
Schriftsteller.

Copyright © 2017 Peter M. Frey
Herstellung und Verlag
BoD - Books on Demand, Norderstedt
ISBN 9783746011622

Inhaltsverzeichnis

Die Meisterbläser

Nicht etwa in der gesegneten Vorderpfalz, wo des Herrgotts beste Weine wachsen, wo die Mandeln und Feigen reifen und man durch südländisch anmutende Haine der essbaren Kastanie wandern kann, nein, in der bergigen Wälderpfalz, im melancholischen Westrich, und dort, wo es nach dem Saargebiet geht, liegen die Sickinger Höhe und das weite Landstuhler Bruch, eine Landschaft von einsamer Eigenwilligkeit. Die Menschen dort sind nicht so redselig und nicht so fröhlich, wie die weinbegeisterten Vorderpfälzer; ihre Art ist mehr besinnlich und nachdenklich, und man kann mancherlei Käuzen und Sonderlingen, auch abseitigen Eigenbrötlern begegnen.

Nicht weit nun von dem Städtchen Landstuhl, wo auf seiner Burg der Ritter Franz von Sickingen im Kampf um die deutsche Einheit fiel, liegt ein kleines Dorf, dem ein besonders abenteuerlicher Ruf anhaftet und von dem eine romantische Witterung ausstrahlt. Es ist die verborgene Geburtsstätte, hier ist der rumorende Milchbrunnen der Straßenmusikanten. Kein Haus, in dem nicht geblasen und gefiedelt, posaunt, gedudelt, trompetet und geflötet wird. Von den Alten ausgebildet, ziehen die Jungen in kleinen Trupps von drei oder vier Mann, viele auch allein, als Straßenmusikanten in die weite Welt hinaus, und weil die lustigen Märsche und Walzer und die wehmütigen Gassenhauerlieder ja eine internationale Sprache haben, darum finden die Mackenbacher auch überall auf Gottes Erdboden

Verständnis und Fortkommen. So trifft man denn diese wunderlichen Westrichbauern in allen Breiten- und Längengraden, in Amerika und Australien, in Japan, der Südsee und im Wüstensand Afrikas; auf Dampfern und Segelschiffen, bei den Seiltänzern und im Wanderzirkus. Es darf verraten werden, dass ein weltberühmter Riesenzirkus seine große Cowboy-Kapelle zum größten Teil aus Mackenbachern rekrutierte, die dann mit phantasievollen Hosen, Sombreros und Patronengürteln die feurig exotischen Kunstreiterweisen schmetterten.

Alle diese Mackenbacher zieht es später wieder heim. Mit unsichtbaren Fäden sind sie an das kleine, verborgene Westrichdorf gefesselt, und es kommt eine Zeit, da müssen sie nach Hause, da kann sie nichts mehr halten, im Süden nicht und im Norden nicht, kein Weltmeer ist ihnen zu breit und kein Gebirge zu hoch: sie müssen nach Hause. Es ist, als hätte jemand aus dem Musikantendorf sie gerufen.

Ein Fahrender mit allen Winden kehrt heim

In diesem sonderbaren Herrgottswinkel hat sich vor vielen Jahren einmal eine lustige und erheiternde Geschichte zugetragen, die zu erzählen sich lohnen mag. Da kam nämlich, nachdem er viele Jahre mit seiner Messingtrompete die Welt bereist und die Völker beglückt hatte, der fahrende Musikant Kilian Gersbach in sein Heimatdorf zurück. Nach Mackenbach fährt keine Eisenbahn; wenn nun aber jemand glaubt, Kilian wäre zu Fuß gekommen, so irrt er sich; nein, er kam großartig mit der Kutsche an, denn er konnte sich das

8

leisten. Er brachte, es darf ruhig gesagt werden, kleine und große Reichtümer mit. Kilian konnte dicke tun und den Geschwollenen spielen. Seht ihn euch an, er kam in pompöser Aufmachung, trug Reithosen mit amerikanischen Gamaschen, einen fremdländisch geschnittenen Rock mit breitem Ledergürtel und einen sogenannten Wildwesthut, grau, mit Lederband und riesiger Krempe.

So also kam Kilian Gersbach heim und brachte verfluchten Aufruhr ins Musikantendorf. Wie ein Meteor platzte er ins niedere Bauernhaus, wo die Frau Babette und das Teufelsmädel Hildegard, die mittlerweile, während Kilian sich in südamerikanischen Staaten herumgetrieben hatte, zwanzig Jahre alt geworden war, ihm gerührt in die Arme sanken.

„Krieg die neunundneunzig Kränk!", rief Frau Babette und schlug die Hände überm Kopf zusammen, „wie siehscht du denn aus? Wenn de Bettelmann uff de Gaul kummt, reit' er ihm's Kreuz ein."

„Do bin ich!", polterte Kilian und warf den Wildwest in die Ecke.

„Jetzt macht nur kei' Gesichter wie die Katz', wenn's dunnert."

Wie schon gesagt, Kilian brachte Reichtümer mit, nicht etwa nur klingende Münze, nein, auch viele exotische Gegenstände, wie eine funkelnde Schlangenhaut, präparierte Seeigel und Zitterrochen, ein Segelschiff in der Flasche, Giftpfeile aus dem Urwald, phantastische Muscheln, in denen der Ozean rauschte, einen angeblichen echten Indianerskalp und nicht zuletzt einen lebenden kleinen Rhesusaffen, der recht penetrant roch, und, aus seiner Kiste befreit, durchs offene Fenster schnellte und mit eleganter Affenhaftigkeit im Geäst eines Holzapfelbaumes verschwand.

„Babett", sagte Kilian und schlug sich auf den Bauch, „do bin ich und bleib' ich. Und wenn ich auch e bissel en exotische Eindruck hinterloss', mit de Wölf muss ma heule, un wer ke'n Hoor in de Arbeit find', hot überall sei Fortkomme. Un eens kann ich euch sage: Wo ich geblose hab', überall hab' ich gut pälzisch geblose, mei Trumpet hat in alle Länder Anklang g'funde. Ja, Hildegard, so is es, un jetzt guck nit so unner dich wie e Hinkelsdieb!"

So war die Heimkehr des Mackenbacher Trompeters Kilian Gersbach. Er brachte aber nicht nur Schlangenhäute und einen lebenden Affen, er brachte auch noch eine andere Überraschung mit.

Kilian feuert eine funkelnde Rakete ab

Gewiss war es im Musikantendorf nicht das erste Mal, dass ein musizierender Bruder durch die Welt aus fernen Ländern zurückgekehrt war; bewahre, es ereignete sich dann und wann, dass es einen Fahrenden heimzog; Kilian aber kam, das ließ sich nicht leugnen, mit einem ganz besonderen Anstrich, er strahlte einen fremdländischen Nimbus aus und konnte ein recht ansehnliches Bündel Dollarnoten und auch noch andere ausländische geheimnisvolle Papierscheine vorzeigen. Er roch aus allen Knopflöchern nach Wohlhabenheit und spielte sich auf wie einer, der lange Stangen hat, um Würste drauf zu hängen.

Außerdem ging er abends in den Reithosen, mit dem Wildwester und dem Schabernackaffen ins Gasthaus zum Ochsen, wo schon viele Mackenbacher versammelt waren, und zeigte sich der staunenden Heimat. Sie begafften ihn und seinen lustigen Affen und ließen sich von ihm Abenteuer und Wildwanderfahrten erzählen, hörten staunend von Schiffen und Stürmen, und Gelbfußindianern und Rindviehherden, von amerikanischen Großstädten und Kaffeeplantagen. Alle diese kuriosen Dinge hatte er, Kilian, erlebt und alle hatte er trompetend und dudelnd hinter sich gebracht. Welch eine Wunderkraft steckte doch in solch einer einfachen Trompete. Zu allem Überfluss kauderwelschte Kilian spanische Brocken und englische Brocken, behauptete aber hinterher, das Pfälzische sei die schönste Völkersprache der Welt, und im Grunde sei ihm das ganze Spanisch und Englisch so lieb wie ein Holzprotokoll.

„Reichtum macht die Welt nit aus, un Schönheit nit, ihr Leut', ich sag's euch: einzig und allein des musikalische Ohrenschmalz und die gut' Ambuschur." (Mit Ambuschur meinte er das französische Wort embouchure, zu deutsch Mundstück, ein Fachausdruck, der jedem blasenden Musikus bekannt ist und den guten Lippenansatz am Mundstück des Blasinstrumentes bedeutet.) Und alle stimmten ihm zu, denn sie wussten, wie wichtig für die Bläser die gute Ambuschur ist.

„Und mit selber Ambuschur, ihr Leut', bin ich iwwer Meer und Länder komme. Ich bin mit ihr ums Kap Horn bei Windstärke elf, und sie hot mich unter Gäulsdieb und Goldsucher nie im Stich gelosst. Und noch eens merkt euch, wenn ihr iwwer Große Wasser geht: bleibt pälzisch und blost immer die pälzisch Partitur. Immer die pälzisch Partitur!"

Es gab einen vergnügten Abend im Ochsen. Sie tranken einen Wein aus der Freinsheimer Gegend, der hieß „Freinsheimer Musikantenbuckel"; war ein rassiger Riesling mit einem schönen stahligen Schwänzlein hinten dran; wer sich in der Pfalz gut auskennt, dem wird auch der „Friesenheimer Musikantenbuckel" nicht unbekannt sein.

Es war da auch im Ochsen ein junger Bursche mit rötlichen Haaren; der tat gern vorlaut und wollte etwas Besonderes sein. Er hieß Franz Pfannstiel und war gar nicht mal aus Mackenbach gebürtig; im Gegenteil, er war ein angenommenes Kind und stammte aus dem pfälzischen Oberland, aus der Gegend von Berzabern, wo der Muskateller wächst und in guten Bucheljahren winters die nordischen Bergfinken kommen. Man nennt diese Fingen - fringilla montefringilla - auch Böhämmer und hat sie früher in abenteuerlichen Jagden mit Blasrohr und Lehmkugel beim Schein schwelender Pechpfannen nachts geschossen. Franz Pfannstiel, es liegt auf der Hand, hatte in Mackenbach den Uznamen Böhämmer, und er war nicht gerade der Liebling des Dorfes, weil er immer aufschnitt und Wind machte wie ein Dudelsack.

Der Böhämmer konnte es nicht unterlassen, die Erzählungen Kilians ein wenig spöttisch zu belächeln. Man wusste auch, dass er hinter Kilians Tochter Hildegard her war und ihr aus dunklen Gründen manchmal das Leben sauer machte.

„Hascht du was zu melde, Böhämmer!?", rief ein Mackenbacher namens Huller, ein derber Bursche, der das Bombardon blies, einen guten Zug am Hals hatte und dem man nachsagte, er brauchte schon einen Schoppen, ums Maul auszuschwenken.

„Ich hab' kei Wort gered't", brummte der Böhammer.

„Awwer gelacht haschde."

„Jawohl, iwwer die pälzisch Partitur."

„Was verstehscht du von der pälzisch Partitur! Wenn du so lang wärst, wie dumm, könnt'ste aus'm Dachkandel saufe."

Es hätte ums Haar einen kleinen Streit gegeben, aber der Kilian trat dazwischen und machte der Sache ein Ende.

„Sei du mal still, du Dollebohrer, und tu mir nit so vorlaut!"

Da war auch noch der Max Spangenberg, ein armes Luder, aber ein schmucker Bursche, der wunderbar das Piston blies und von allen beneidet wurde. Es war auch nicht unbekannt, dass er bei Hildegard einen besonderen Stein im Brett hatte.

„Er will uffs Konservatorium", rief Max Spangenberg, „un e Oper will er komponiere. Er pfeift uff die Mackenbacher Tonleiter."

Es gab ein brüllendes Gelächter. Kilian klatschte sich auf die Schenkel und nahm dann einen tiefen Schluck.

„Konservatorium! So wird's recht. Dich hot der Esel aus der Wand geschlage. Mit die'm Konservatorium! Dir merkt man uff sechs Meile an, dass de kei Mackenbacher bist! Was willst denn du komponieren? Das sag' mir mal, was komponiere willst! Bis du dich vorne bückst, is hinte Nacht."

„Das werdet ihr schon sehe."

„Ja, ja, du hast's im Griff wie de Bettelmann die Laus. Geh fort und verderb' mir die gut'Laun' nit!"

„Vatter Kilian", rief Max Spangenberg und deutete auf den erbosten Böhammer, „wenn wo fis steht, blöst der f, un wenn wo f steht, blost er fis."

„Ha ha ha!", polterte Kilian los. „Ich sag's doch. im fehlt's musikalische Ohrenschmalz."

Der Böhammer wurde fuchsteufelswild, stieß auf den Max vor und wollte handgreiflich werden.

„Falsch geblose is immer noch ehrlich geblose."

„Was soll des heiße?", Max stieg das Blut zu Kopf.

„Wer's weiß, wird's wisse."

„Was wird er wisse, du Olwel?"

„Dass einer im Dorf is, der hat erst kei Piston gehabt, un plötzlich über Nacht hat er eins gehabt. He he he!"

Kilian Gersbach machte dem Streit ein Ende. Mit den südamerikanischen Stiefeln trat er wuchtig dazwischen und gebot Ruhe. Die Köpfe waren erhitzt, denn alle hatten schon kräftig dem „Freinsheimer Musikantenbuckel" zugesprochen. Auch den Rhesusaffen hatten sie betrunken gemacht. Er sprang jetzt auf den Schänkentisch hinauf, tobte unter den Gläsern und Flaschen, griff nach einer geräucherten Blutwurst und warf die bronzierte Gipsgermania herum.

Gegen Mitternacht brannte Kilian Gersbach, der Wanderer mit allen Winden, seine funkelnde Rakete ab. Er bat um Ruhe, pflanzte sich in der Mitte des Gastzimmers auf und ließ eine Rede los, worin er die Trompeten und Klarinetten, die Bombardons, Tenorhörner und Flöten, die Ambuschur und die Mackenbacher Partitur über das Bohnenlied lobte und erklärte, mit ihnen könne man wie Napoleon die ganze Welt erobern. Und weil weder Geld noch Gut das wahre Glück der Welt ausmache, hingegen eine gute, brauchbare Marsch-, Walzer-, Polka-, und Volksliederwalze, darum habe er beschlossen, im Heimatdorfe Mackenbach unter den jungen Musikanten ein Wettblasen zu veranstalten. Jawohl, wer am besten und schönsten blase, einerlei auf welchem Instrument, dem gebe er, Kilian Gersbach, der Mann, dem alle ausländischen Winde um die Trompete geweht hätten, gebe er die Hand seiner schönen Tochter Hildegard und obendrein als Ehrengabe das Schiff in der Flasche, das er auf seiner langen Fahrt im Dreimastgaffelschoner selbst mühsam unter Stürmen, Hitze, Äquatorsonne und Südwestpassat verfertigt habe. So sei es schon Brauch und Sitte gewesen bei den alten Meistersingern, warum also nicht auch bei den Meisterbläsern von Mackenbach.

Man mag sich ausmalen, welche Aufregung, welchen pfälzisch kräftigen Tumult diese kühn abgefeuerte Rakete im Wirtshaus verursachte. Sie riefen und schrien durcheinander und ließen ihn hochleben, der Rhesusaffe, voll des Weines, sprang auf ein Hirschgeweih, Gläser klangen, Schoppen wurden geleert, und schon hatten sich auch drei Freier aus der Menge herauskristallisiert.

„Ich blos uff de Klarinett", rief der Böhammer und schob sich wichtig in den Vordergrund.

„Und ich uff'm Bombardon!" So der urwüchsige Huller, der einen Schoppen zum Maulausschwenken brauchte.

„Ich auf dem Piston", frohlockte Max Spangenberg und hatte ein Leuchten im Gesicht. Der Wirt zum Ochsen aber, rot im Gesicht und mit listigen Weinäuglein, bahnte sich einen Weg zum Mann mit der südamerikanische Montur, umarmte ihn und sprudelte hervor: „Kilian, das sag' ich dir, Einfäll' haste wie e alter Backofen!"

Frau Babette war schlafengegangen, die abertausend Überraschungen des Tages hatten sie müde gemacht; aber Hildegard strich noch unruhig im kleinen Wohnzimmer umher und ließ sich wollüstig gefangen nehmen von den Wunderdingen, die Vater Kilian aus Koffern und Kisten gekramt hatte, und die nun wild und abenteuerlich auf Tisch, Stuhl und Kommode lagen. Sie hatte ein Kerzenstümpfchen brennen und ließ sich, während der warme Sommernachtswind durchs offene Fenster strich, von den Zauberdingen fremder Zonen erschauernd anhauchen. Da lag die Schlangenhaut und glitzerte, der Skalp war unheimlich haarig, und die Seeungeheuer glotzten sie aus erloschen schwelenden Augen an. Sie nahm einen der angeblich vergifteten Pfeile in die Hand, wendete ihn nach allen Seiten und befühlte mit dem Zeigefinger vorsichtig die gefahrdrohende Spitze.

Helf' der Himmel, das Wohnzimmer war zur kleinen Schreckenskammer geworden; in der Nacht draußen jaulten Katzen, und einmal zackte eine Fledermaus am Fenster vorüber.

Hildegard kam die Lust an, in der alten Schiffskiste zu stöbern und zu kramen. Sie brachte noch allerhand Trödel und Wunderschätze ans Licht der Kerze. Auch Papiere waren da, vergilbte Notenblätter mit Mackenbacher Gassenhauern.

Was lag hier? Ein gelber Umschlag, merkwürdig fest verschnürt und verklebt. Sie hielt den Umschlag in der Hand und betrachtete ihn prüfend. Was mochte er enthalten?

Es ließ dem Teufelsmädel keine Ruhe. Sie öffnete mit zitternden Händen und war auf etwas Großartiges gefasst. Nichts als ein zusammengefaltetes Notenblatt; welche Enttäuschung! Eine Polka oder ein Marsch, weiß der Kuckuck.

Nein, etwas Besonderes! Sie las die Überschrift: „Das Heimwehlied. Trompetensolo, komponiert von Kilian Gersbach am 17. März in Sao Paolo." Ihr Vater hatte also komponiert? Seit wann komponierte Kilian? Das war etwas ganz Neues, umso mehr, als er doch Zeit seines Lebens über das Komponieren Unberufener geschimpft hatte. Die Mackenbacher seien keine Komponisten, hatte er immer gesagt, die Mackenbacher seien Musikanten. Nun hatte er selbst hier ein Lied komponiert. Das Heimwehlied. Trompetensolo.

Lange hielt sie das Blatt in Händen und wurde mit einem Mal ganz nachdenklich. Heimwehlied! Das hatte einen so seltsamen Klang; fast hätte man traurig werden können. Und ihr kam die Erleuchtung, wie es wohl gewesen sein mochte, dass ihr Vater ein Lied komponiert hatte: das Heimweh hatte ihn dazu getrieben. In fremden Erdteilen umhertrompetend, war das Mackenbacher Heimweh über den Wandermusikanten gekommen, da hatte er keinen anderen Ausweg mehr gefunden und ein Lied komponiert. Vielleicht hatte er es in einer Tropennacht in die Urwälder hineingeblasen zu den Krokodilen und Affen, zu den Wunderpflanzen und zu den schleichenden Indianern mit ihren vergifteten Pfeilen. Seltsames Geschehen. Das Heimwehlied!

Im Wirrsal der Gedanken kam Hildegards eigene Not aus der Dämmerung stiller Winkel und schlich an ihre Seite.

Ach, es muss einmal darüber geredet werden: Wie sah es eigentlich um Hildegards Herz aus? Mit wenigen Worten gesagt. Man hat ja schon vernommen, wer einen Stein bei ihr im Brett hatte. Die schwarze Dorfschönheit, von blasenden, dudelnden und flötenden Verehrern in allen Taktarten umschwärmt, den jungen Musikus, der so herrlich das Piston blies und obendrein ein hübscher Bengel war, leider aber arm wie die letzte Kirchenmaus. Er war sogar so arm, dass er sich lange kein Instrument hatte kaufen können; auf einem gepumpten, jämmerlich verbeulten Messingtrichter hatte er blasen gelernt. Wer auch hatte ihm ein Instrument kaufen sollen? Eines Tages aber hatte sich in Mackenbach etwas Besonderes ereignet. Was denn? Max Spangenberg war mit einem wunderbaren Piston auf dem Plan erschienen, einem ganz besonders schönen Instrument, auf dem sich wahrhaft betörend blasen ließ. Woher hatte der arme Max das prächtige Instrument? Musste mindestens seine vierzig Mark gekostet haben! Es ging ein Rätselraten um, aber die Wahrheit wollte nicht recht ans Licht kommen.

Einerlei, Max hatte einen hartnäckigen Rivalen, das war der vorlaute und großmäulige Franz Pfannstiel, der gleiche, der im Wirtshaus vom Konservatorium und von der Oper geprahlt hatte. Der rötliche Franz spielte sich auf wie einer, der dem lieben Herrgott die ganze Pfalz abkaufen kann. Er strich um Hildegard wie ein Dachkater und ließ nicht locker. Hildegard aus einer dunklen und verschleierten Ungewissheit heraus, hatte Furcht vor ihm und wagte nicht, ihn kurz und schroff zurückzuweisen. Es muss ausgesprochen werden: Sie hatte Furcht, weil sie etwas zu verschweigen hatte. Der rote Franz wusste um ihr schlechtes Gewissen.

18

Sie schrak hoch vom Stuhl. War die Schlangenhaut lebendig geworden, grunzten die aufgeblasenen Fischmumien oder fuhr das Entsetzen in den Indianerskalp, dass ihm die Haare zu Berg standen?

Sie schaute nach dem Fenster und zuckte zusammen. Dort schob sich ein Schatten die Fensterbank hoch. Franz Pfannstiel, kein anderer. Da saß er und verzog den Mund.

„Was willst du da? Es ist Nacht. Geh heim!"

„Sage will ich dir, dass es e Wettblose gibt!"

„Was gibt's?"

„E Wettmusiziere!"

„Dir is de Freinsheimer in de Kopp!"

„Nix do! Hildegard, de Wein isch's beschte Bier; aber ich bin nüchtern wie e Kalbsmage. Dei Vater veranstaltet e Wettblase. Wer am schönste spielt, kriegt dich."

„Wen kriegt er?"

„Dich, Hildegard!"

„Du Narr!"

Franz schob sich näher und schwang ein Bein übers Fensterbrett.

„Geh fort, Franz, geh heim! Wenn des jemand sieht."

„Meinetwege! Ich hab' dir was zu sage."

„Sag's morge."

„Nix do, jetzt! Du weißt, Hildegard, dass ich dich gern hab'."

„Aber ich dich nit!"

„Hildegard, ich bild' mir's ein, ich muss dich kriege. Ich kann nit mehr schlofe nachts."

„Lass mich und mach, dass du heimkommst! Du hast getrunken bis ans Krageknöppel."

„Hildegard!"

„Geh fort! sag' ich."

Sie trat ans Fenster und versuchte, die Fensterflügel zu schließen. Er griff dazwischen. Wut sprang aus seinem Gesicht.

„Hildegard. Ich weiß, was ich weiß!"

„Was denn, hää? Was denn? Loss mich in Friede!"

„Ich könnt' dir sage, wer die zehn Dollar aus de Kommod' genomme un dem Max e Piston gekauft hat. Könnt' ich das?"

„Mit deine zehn Dollar! Was kümmert's mich!"

„Seit wann kümmert's dich nix? Is nit de Gendarm im Hause gewese und hat bei andere Leut' Haussuchung gehalte? Fremde Menschen sin verdächtig worde, weil bei euch in de Kommod' zehn Dollar g'fehlt habe, die dein Vater aus Amerika geschickt hat?"

„Ja, das hat er. Loss die Geschicht'! Sie is lang vorbei."

„Warum?! Weil du die Dollar aus der Kommod' rausgenomme hascht!"

„Ich?!"

„Jawohl, du! Un dem Max haschte für des Geld die schön' Trompet' kauft! Ich hab's erfahre in de Stadt. Hildegard. Wenn ich des laut sag' in Mackenbach, was is dann, Hildegard?"

Da stand jetzt das Mädel mitten im Zimmer, das Blut wich aus ihrem Gesicht, der ganze Körper zitterte wild und in tiefer Erregung. Mit der flachen Hand fuhr sie über die Stirn, als müsste sie etwas fortwischen. Sie drehte sich langsam im Kreis.

„Und du", sprach sie ein wenig heiser und kam wieder aufs Fenster zu, „und du willst mich verrate?"

Er beugte sich weiter zum Fenster hinein.

„Des kommt ganz off dich an, Hildegard."

Da sprang sie zu und stieß ihn vor die Brust, dass er vom Fenstersims abrutschte und draußen auf den Boden schlug. „Schuft!", rief sie ihm nach. „Ganz gemeiner Schuft!!" Sie schloss rasch das Fenster, schob den Riegel zu und zog das farbige Kattunvorhänglein vor.

Als sie sich umwandte, stand ihr Vater im Zimmer. Ein wenig erhitzt war er vom Friesenheimer Musikantenbuckel, aber sonst stand er aufrecht da und sah wuchtig aus in den Reithosen, mit der fremdländischen Joppe und mit dem breiten Amerikanerhut.

„Hildegard?!" - „Ja Vater!"

„Was is denn do los?"

„Nix, Vatter! Ganz gewiss nix!"

„Nix?! Du siehst ja aus wie e Schoppe Milch. Was hat der Rote gewollt? Der hat mir schon im Ochse nit g'falle, des is e Prahlhans un er bappelt dem Deifel es Ohr ab. Er is nit sauber unterm Brustlappe."

Kilian kam näher, bis er dicht vor seiner Tochter stand; ein wenig nebelig war ihm vom Wein, aber er wusste genau, dass hier etwas nicht in Ordnung ging. Beide Hände legte er auf Hildegards Schultern und zog die Brauen zusammen.

„Hildegard!!"

Da kam sie zu ihm heran, legte den Kopf gegen seine Brust und weinte. Unter stoßendem Schluchzen sprudelte sie ihr Geständnis heraus und war zerknirscht bis in die letzte Seelenfaser. „Ich muss dir sage, Vatter, dass ich die zehn Dollar aus der Kommod' genomme hab'."

„Was for zehn Dollar denn?"

„Du hast uns doch immer Dollar g'schickt aus Amerika,

und die hat die Mutter all uffgehobe in de Kommodschublad. Un vor me halbe Jahr, do hab' ich zehn Dollar rausgenomme, ohne dass es die Mutter gesehe hat. Sie waren aber all genau gezählt und die Mutter hat's gemerkt, hat die Nachbarsleut' verdächtigt und de Gendarm war in die Häuser."

„Do haschte jo dem Dreck kei schlecht Ohrfeig' gebe, Hildegard. Was haschte dann mit dene zehn Dollar gemacht?"

„Dem Max Spangenberg hab' ich in de Stadt e Piston kauft."

„Sosoo, doher blost de Wind."

„Er ist so arm, Vatter, un kann sich keins kaufe; aber er spielt am schönste vom ganze Dorf."

„Am schönste, wenn ma dei verliebte Ohre hat, was? Na un weiter, was hat des mit dem Großmaul zu tun?"

„Der Franz hat's in de Stadt erfahre, dass ich e Piston für amerikanisch Geld kauf hab' un jetzt will er mich verrate."

„So einer is des?"

„Ja, Vatter. Un des Geld woll' ich ja wieder in die Kommod' reinlege, wenn du mir die Dollar g'schickt hätt'st, die du mir mal versproche hast. Ich hab' scho immer druff gewart't."

„Jetzt sag' emal, Hildegard, ich hab' dir extra doch vor me halbe Jahr mal fünfzehn Dollar geschickt für dei Ausstaffierung, extra für dich, hat im Brief gestande. Was haschte dann mit dem Geld gemacht?"

„Do weiß ich nix devon, Vatter."

„Weißt nix devon?"

„Nein, Vatter! Ich hab' kein Geld kriegt, uff Ehr' uns Gewisse nit!"

„Aha! Dann hat's unser sparsame Mutter selbst behalte. Milljackekreuz, so was. Genau genomme, Hildegard, haschte dann ja die eigens Geld aus de Kommod' geholt, oder nit? Un fünf Dollar haschte noch zugut von de Mutter!"

So sagte Vatter Kilian, der mit einemmal alles begriff, strich seiner Tochter durch die dunklen Haare und lachte vor sich hin. Hildegard, die Augen noch nass von Tränen, schaute zu ihm auf und war froh verwundert, weil das alles eine so unerwartete Wendung genommen hatte.

„Vatter, lieber Vatter!"

„Du hascht also die Geld, statt in Weißzeug un Getüch, in Max sei'm Piston angelegt. Auch e Standpunkt. Meinetwege, sag' ich. Es is alles, wie man's nimmt, hat de Schneider g'sagt und die Hoselatz hinte hingemacht. Jetzt sei zufriede, Hildegard, es ist alles gut. Ja, ja, die Mutter Babett, im Geldzusammenkrapsche is sie flink wie e Wichsbürscht."

Er trat ans Fenster, öffnete und schaute hinaus in die Nacht. „Siehste, Hildegard, das is e pälzische Nacht. Guck nur mol die viele Stern' an und dort hinte die Kiefernwälder. Un so'n guter Geruch, ach, so'n guter pälzischer Geruch! Ma kann sich nit satt rieche."

Hildegard war an seine Seite getreten; sie schauten zusammen hinaus und der warme Wind strich durch ihre Haare.

„Das hab' ich mir vorgenommen, Hildegard, durch die ganze Palz wollen wir mal wandern, über die Berge und durch die Wälder und dann raus ins Weinland, nach Dürkheim und Deidesheim und Forst und Edenkoben. Siehste, Hildegard, man muss erst mal weit fort in fremde Länder, un lang fort muss man, dann merkt man erst, wie schön es in de pälzisch Heemet is.

Eens steht fest, Hildegard, wo ich war in dene viel Johr, immer hab' ich Pälzer Note, immer hab' ich mit Pälzer Ambuschur in mit Pälzer Schnauz geblose!"

Auf dem Platz vor der Kirche wurde am darauffolgenden Sonntag das Wettblasen ausgetragen. Das war mal wieder ein Ereignis für Mackenbach, zu dem auch noch musikalische Einwohner der umliegenden Dörfer Hundheim, Jettenbach und Eßweiler kamen.

Es war ein strahlender Hochsommertag, wie man ihn schöner nicht wünschen konnte. Nach dem Gottesdienst versammelte sich das fröhliche Musikantenvolk, jung und alt, Mädchen und Burschen, alles sah dem lustigen Ereignis mit Spannung entgegen. Vater Kilian erschien nicht in südamerikanischer Aufmachung; nein, er hatte Reithosen, Gauchojacke und Sombrero abgelegt und trug den alten, guten Mackenbacher Sonntagsanzug. Die Tochter Hildegard, ein wenig blass im Gesicht und den Kopf gesenkt, kam im schmucken Feiertagsstaat und wich nicht von der Seite ihres Vaters.

Zum Mackenbacher Wettblasen waren sechs Freier gemeldet; es erschienen aber zuletzt nur drei, die anderen hatte die Angst vertrieben. Da war zuerst der Huller, jener derbe Mackenbacher, dem man nachsagte, er brauchte einen Schoppen, um das Maul auszuschwenken, und der gewaltig das Bombardon blies. Zum zweiten kam Franz Pfannstiel, der Böhammer, roter Prahlhans, Schwadroneur und Klarinettenbläser; und als letzter trat Max Spangenberg in die musikalische Arena, der Mann mit dem geheimnisvollen Piston.

Heiter angeregt und zu derbem Schabernack durchaus aufgelegt, wimmelte das Volk durcheinander, als Kilian Gersbach auf eine Bank stieg und zu seinen Mackenbacher Landsleuten sprach: „Ich liebe Leut'! Wie so mancher Mackenbacher bin auch ich aus fremde Regione wieder heimgekehrt, aber ich hab' nit nur en Aff und Schlanghäut' un ausländische Stiffel mitgebracht, nein, auch die Erkenntnis, dass man mit unsere Mackenbacher Tonarten durch die ganz' Welt kommt. Man muss nur immer bleibe, wer man is, und derf sei Herkunft nit verleugne, selbst wenn man hohe Gamasche anzieht un breite Hüt' uffsetzt. Was ich jetzt dehem es allererscht g'sehe hab', des is, dass mei Hildegard unter die Haub' muss. Ich hätt' vielleicht schon vorher dran denke müsse, aber ihr wisst jo, die gute Gedanke un die lahme Geiße komme hinte nach. Egal, ich hab' beschlosse, dass heut e Wettblose um die Hand meiner Tochter Hildegard stattfinde soll, un weil ich drauß' im ferne Land und überm Meer erkannt hab', dass es für uns Mackenbacher nur uffs musikalische Ohrenschmalz un uff die prima Ambuschur ankommt, darum soll der mei Tochter heirate, der jetzt uff sei'm Instrument das schönste Stück blost."

Nach diesen Worten setzte lebhafter Beifall ein. Sie lachten, riefen Bravo und fragten nach dem amerikanischen Affen.

„De Huller!", ging es durch die Menge. „De Huller will anfange!"

„Gebt ihm erst e Schoppe Racheputzer!"

„Er stammt aus ner musikalische Familie. De Vater zittert, die Mutter spielt's Geschirr und de Bruder blost die Supp."

„Ruhe! Ruhe!"

Ein kreisrunder Platz bildete sich. Huller, vom Wein befeuert, ja, ein wenig schwankend, trat mit dem funkelnden Bombardon in die Mitte.

„Hildegard, guck dir'n genau an, er macht das Renne. Pass uff, er blost die Spatze vom Dach runner. Was haschte uff de Walz, Huller?"

Huller stieß etwas auf, als er das Bombardon hochhob und ein wildes Gesicht macht. Ihm war fast ein wenig benommen zumute.

„Was ich blos', geht euch en Dreck an. Kilian, kann's losgehe?"

Kilian gab das Zeichen zum Anfang.

„Fang an, Huller!"

„Gut! Ich blos' das bekannte Kuhstallidyll."

Gelächter, Johlen und Schreien. Huller setzte an und schmetterte einen furchtbar grollenden Basston in die Menge. Dann fing er an zu blasen, und er blies wie ein Hochwaldgewitter; grunzend, bellend und brüllend, rollend und dröhnend entquollen die Töne dem mächtigen Instrument. Während er blies, merkte er, wie der Wein, den er zur Aufmunterung zu sich genommen hatte, ihm das Gedächtnis verwirrte. Er vergaß das Kuhstallidyll, kam aus der Tonart heraus, verlor den Faden und fing kurzerhand an, wie wild drauflos zu blasen. Die Menge wich zurück vor der Wucht seiner Basstöne, er modulierte durch die unsinnigsten Tonarten hindurch und endete mit einem abgrundtiefen, gespenstisch gurgelnden Ton, der wie ein Lindwurm über die Menge kroch und brausendes Gelächter auslöste.

„Das Letzte", rief er in den lärmenden Trubel hinein, „hab' ich aus meiner eigenen Phantasie geblose!"

Erneutes Beifallklatschen, Lachen und Rufen.

„Das kann ich dir sage, Huller", sprach Kilian, den das Spiel halb betäubt hatte, „du kannst ohne Sorge zu de Menschenfresser gehe!"

Huller, blaurot im Gesicht, trat aus dem Kreis; Schweißperlen standen auf seiner Stirn, er schnaufte wie eine Berglokomotive.

„Gebt'm Wein!", rief es wieder aus der Menge. „Sonst brennt er ab wie Bohnenstroh."

Vater Kilian, der für einen Trunk gesorgt hatte, hielt ihm den gefüllten Krug hin. Huller stellte das Bombardon auf die erde, griff den Krug und sog daran mit einer tiefen Inbrunst.

„Dank dir's, Vater Kilian! Des is es Wein, von dem darf kei Schwiegermutter aach nur een Troppe kriege. Un des sag' ich euch, ihr Leut' , ich hab' nit um die Hildegard geblose, denn ich weeß, dass mich des Mädel gar nit will."

„Ohoo! Nix do!", kamen die Stimmen durcheinander. „Merkst du nit, dass de im Endspurt bist? Sie spitzt schon die Lippe nach dir!"

„Losst euer Schprüch! Ich hab' nit um die Hildegard geblose, ich hab' um die Ehr' geblose, jawohl, ich hab' auch mei musikalisch Ehrgefühl, des soll mir - hupp! - niemand wegnehme. Der Schluck aus dem Krug do war mir's Musiziere wert. Jetzt still, dort steht de rote Böhammer mit de Gelbrüb'. Er is de Hauptfreiersmann und geht anschließend uffs Konservatorium. Des is es ganz feiner Fetze."

Richtig, Franz Pfannstiel, der Böhammer, stand im Kreis und trat als Werber herausfordernd auf.

„Still, jetzt, still! Nummero zwä. De Franz mit de Rüb'!"

„Rote Hoor und Erleholz wachse uff kei'm gute Bode!"

„Nix dezwische rede! Losst'n anfange!"

Die Menge schob sich dichter zusammen. Der Vater Kilian bahnte sich eine Gasse und trat vor den Musikanten hin. „So, jetzt zeig' uns, was du uff'm Konservatorium gelernt hast. Aber blos, nur nit so wild, wie die Huller. Alles mit Maß, hat der Schneider g'sagt, un hat sei Fraa mit de Ell' totgeschlage."

Franz Pfannstiel stellt sich in Positur, leckte am Klarinettenmundstück, klapperte mit den Tasten und verkündete: „Ich spiel e Fantasie aus Lohengrin!"

„Kriegst die Bettelmannskränk'!"

„Hildegard, jetzt bischte verkauft. De Lohengrin kommt."

Der Böhammer fing an zu dudeln und legte los, was das zeug hielt. Er spielte Melodien und stotterte Läufe, setzte ab und wollte eine kunstvolle Kadenz einfügen; da schlug ihm der ton über. Er wurde aufgeregt und verlor die Tonart. Noch hörten sie ihm still zu, aber plötzlich platzte einer in sein Spiel hinein und rief: „Fis! Böhammer! Fis!!"

Der Spieler stockte wieder, warf finstere Blicke nach dem Sprecher und setzte von neuem an.

„Fis!", sag' ich. Falsch!"

Der Böhammer, aus der Fassung gebracht, verlor Takt und Rhythmus und fing wahllos von vorne an.

„Hildegard, hol' e Besen, dass man die falschen Tön' z'sammenkehre kann!"

„Fis! Schun widder falsch!"

„Er hat de Gaul am Schwanz uffgezäumt!"

Gelächter brach los und wuchs lawinenartig an. Sie warfen mit Kieselsteinchen nach ihm; das Lachen und Spotten wurde immer stärker, und als der Böhammer aus dem Brautlied in eine Mackenbacher Polka überging, war kein Halten mehr. Ein wahrer Orkan erhob sich; sie drangen in den Kreis ein und rissen ihm den Hut vom Kopf.

Franz Pfannstiel, wutentbrannt, setzte das Instrument ab und stürmte mit Gelbrübe und geballter Faust auf die Menge ein. Niemand sah in diesem lustigen Tumult, dass Hildegard ein geheimes Zeichen gab.

Da klang eine klare Fanfare durch die Luft. - C - e - g - c!

Das letzte c wurde mit langer Fermate kristallklar gehalten.

Im Augenblick trat Ruhe ein. Woher kam der Trompetenklang?

Alle schauten sich erstaunt um.

„De dritte Konkurrent!", rief jemand eindringlich in die Stille.

Da kam es wunderbar hell und schmelzend durch die Luft, von irgendwoher. Eine einfache Melodie war es, aber mit einer prachtvollen Meisterschaft gespielt.

„Dort oben!", sprach jemand bestürzt und deutete nach dem Kirchturm hinauf.

Alle Heiligen stehen uns bei! Dort oben an der Turmluke stand Max Spangenberg mit seinem Piston und blies in den hellen Sommermorgen hinein.

Was bläst er denn eigentlich? Was für eine schwermütige Weise ist es denn, die alle so merkwürdig gefangen nimmt?!

Nichts anderes als das „Heimwehlied" bläst er, Kilian Gersbachs im Urwald zwischen Affen und Krokodilen komponiertes „Heimwehlied". Hildegard, der schlaue Gartenstieglitz, hat die Noten im geheimen ihrem Max gegeben, und da steht er nun oben in des Herrgotts luftiger Höhe und bläst Vater Kilians Erzeugnis einer sehnsüchtigen Stunde auf die verwunderten Mackenbacher Musikantenseelen herunter. Man darf glauben, es ist still wie in einer Kirche, sie stehen wie versteinert und alle Händelsucht und Spottlust scheinen verflogen.

Was ist dann mit Vater Kilian? Schaut doch mal nach dem Wanderer mit allen Winden hin! Starr steht er, mit gesenktem Kopf, etwas Unerhörtes scheint über ihn gekommen. Die Arme streckt er von sich und ist wie gebannt von einem seltsamen Traum. Jetzt fasst er mit beiden Händen seinen Kopf, richtet den Blick aufwärts, und nun stürzen ihm, stumm und aus einer wehen Erschütterung heraus, die Tränen aus den Augen.

Der Teufelsmax spielt das Lied zu Ende, die letzten Töne verklingen.

Noch verharrt die Menge still und überrumpelt vom klingenden Wunder. Hildegard, du sollst nach deinem Vater schauen; geh hin und stütze ihn! Sieh doch, er wankt! Ja, er wankt! Ja, er wankt; mit vorgestreckten Armen will er fort; es bildet sich eine Gasse, er taumelt hindurch wie ein Betrunkener.

Da kommt ihm auch schon Max mit dem Piston entgegen. Der alte, fahrende Musikus schließt ihn in die Arme.

Ein tosender Beifall setzt ein. Das Volk umringt die beiden mit lautem Jubel, Händeklatschen und Rufen.

„Die Hildegard ist dein!", spricht er und seine raue Stimme zittert.

„Un des Schiff is die Ehrepreis. Ich hab' viele Woche dran rumgebastelt, uff'm Segelschiff, bei Wind un Welle. Es is mir ans Herz gewachse wie die Hildegard. Nimm die Hildegard un nimm's Schiff und pass mir gut uff, dass keens von dene zwei in Scherbe geht!"

Da setzt eine Mackenbacher Blaskapelle mit mächtigem Tusch ein und schmettert einen Kirchweihmarsch.

Zum Schluss wird einer nach Noten verprügelt

Anschließend gruppierte sich gar ein kleiner Festzug und schickte sich an, nach dem Dorfwirtshaus zum Frühschoppen zu ziehen. Bevor er abmarschierte, gab es noch ein kleines Intermezzo. Der Franz Pfannstiel nämlich konnte seine Niederlage nicht verschmerzen. Er drängte sich plötzlich durch die Menge, schwang die Klarinette, blieb vor Max Spangenberg stehen und rief mit wutverzerrtem Gesicht: „Soll ich dir a sage, wo das Piston her is un von was für Geld es kauft ist? Von gestohlenem Geld! Mit zehn Dollar is es kauft, un die zehn Dollar hat die Hildegard de Mutter aus de Kommod' genomme, un ich tät' mich schäme ..."

Er kam nicht weiter, denn Vater Kilian trat wuchtig dazwischen. „Willst du dei ungewäschenes Maul halte! Die zehn Dollar waren meiner Tochter recht zueige, das sag' ich dir, du elender Dollebohrer! Vom eigene Geld hat sie das Piston kauft, un kein Unrechter hat's kriegt."

Stimmen aus der Menge wurden laut. Einige nahmen schon eine bedrohliche Haltung an.

„Was will der Böhammer?"

„Was er will? Meiner Tochter möchte' er die Ehr' abschneide."

Die Bewegung unter der Menge wuchs. Sie rückten dem Roten auf den Leib.

„Schlagt ihm uff's Kapital, dass die Zinse wackle!"

„Wenn dem sein Dummheit weh tät', müsst er Tag und Nacht kreische!"

Was war denn los mit einemmal? Max Spangenberg hatte dem Vater Kilian das funkelnde Piston und die Flasche mit dem Segelschiff gegeben. Jetzt pflanzte er sich dicht vor dem Böhammer auf, so nahe kam er, dass ihre Köpfe fast zusammenstießen. „Willste das sofort zurücknehme, was de g'sagt hast!?"

„Nix nehm' ich zurück!"

„So! Dann will ich dir mal helfe, e Oper komponiere!" Damit fiel er über den Böhammer her, rang mit ihm, warf ihn zu Boden und prügelte ihn, dass es Art hatte ...

„Wenn dem sein Dummheit weh tät', müsst er Tag und Nacht kreische!"

Beifallsjohlen und dröhnendes Gelächter setzte ein. Durch Zurufe wurde der Kampf noch gesteigert, und Max, mächtig in Wut, hieb den Prahlhans windelweich.

Zum Schluss, verspottet und verlacht und buchstäblich nach Noten verprügelt, suchte der rote Franz das Weite, eine Salve von Gelächter dröhnte hinter ihm her.

Dann zogen alle zum Dorfwirtshaus und es wurde ein fröhlicher Frühschoppen und Verlöbnistrunk.

Vater Kilian, mit einem Sausen in den Ohren, stieg auf die Bank, trank den Mackenbachern mit hoch erhobenem Glas zu und sprach mit tiefer und ehrlicher

Überzeugung: „Huller, wer dir lang zuhört, muss zum Ohredoktor, aber du hast vorhin um die Ehr' geblose, alle Respekt devor! Ein Ehr' is die ander wert: Du sollst als Anerkennung von mir die Aff habe. Nimm mei Urwaldaff, er is bei dir am beste uffgehobe. Un ihr liebe Mackenbacher, losst euch des noch emal gesagt sei; wo ihr immer hinkommt in dem kunterbunte Lebe, nach Süde, Norde, Oste oder Weste, bei de schwarze Neger, bei de rote Indianer oder bei de gelbe Chinese: Bleibt pälzisch un blost immer nur die pälzisch Partitur!"

Anton Hugendubel

Anton Hugendubel war das, was man gemeiniglich einen Kauz nennt. Er gehörte zu jenen Menschen, die sich um den Mechanismus der Weltordnung wenig kümmern und den üblichen Einrichtungen menschlichen Gemeinwesens aus dem Weg gehen. Alles in allem war er also von jener Sorte, die wie tollpatschiges Jungvieh in unseres lieben Herrgotts irdischen Orchideengarten umherlatschen und allenthalben von den wunderlichen Blüten fressen. Anton Hugendubel war ein Kauz, und somit muss er in gewissem Sinn unabhängig gewesen sein, sonst hätten ihm Vorgesetzte und Dienstvorschriften die Bakterien seiner Verschrobenheit mit dem heilkräftigeren Serum altbewährten Amtschimmels für ewige Zeiten ausgetrieben. Er ließ aber solcherlei Erzeugnisse des Staatswesens gar nicht an sich herankommen, war ein natürlicher Feind aller Polizeivorschriften und Warnungstafeln und wurde ernstlich böse, wenn man ihm irgendwie verwehren wollte, seine großen Füße in fiskalische Waldungen oder auf verbotene Gebirgssteige zu setzen.

Hier soll nicht das schlichte Leben Anton Hugendubels, das vierundfünfzig Jahre währte, wie ein Garnrolle abgewickelt werden, da solches vom menschlichen Standpunkt betrachtet nicht einmal zulässig wäre; denn wer hat schließlich das Recht, das Erdenwallen eines fremden, unbescholtenen Menschen in knotige Stücke zu schneiden und der hungrigen Allgemeinheit als Ragout vorzusetzen? Anton Hugendubel würde ernstlich bestreiten, dass jemand dieses Recht habe und darum soll auch hier seiner Persönlichkeit nur mit schalkhaftem Lächeln gedacht, einiges aus seinem Sonderlingsleben wie Feldsalat herausgepflückt und sein mit einer sogenannten Wanderniere ausgestatteter Korpus nur mit einem kindlich naiven, neugierig vorsichtigen Finger angestippt werden. Wer wollte uns das verübeln?

Es bedeutete nichts Gutes, wenn Anton Hugendubel dasaß und mit beiden Händen in den Haaren umherkratzte, wobei er die Luft stoßweise durch seine verstopfte Nase presste. Dann war in der Regel etwas im Entstehen. Einmal machte er nach einer solchen Haarkratzerei folgendes: Er setzte sich auf den Marktplatz neben die Obstfrau Schwammberger und verkaufte Hundertmarkscheine. Auf einem Feldstuhl saß er und hatte ein Pappschild vor sich stehen mit der Aufschrift: „Gute, echte Hundertmarkscheine. Per à Stück 50 Mark!"

Die Leute lachten und hielten ihn für närrisch. Eine große Menschenmenge umstand ihn, aber da ihr die merkwürdige Rechnung Hugendubels zum mindesten verdächtig vorkam und sie irgendeine Gaunerei vermutete, kaufte ihm niemand einen Schein ab, worüber er fast traurig wurde. Das Ende war, dass die Polizei ihr wachsames Auge auf ihn warf und ihn „vernahm". Nach gründlicher, fachwissenschaftlicher Untersuchung wurde seitens der Begutachter festgestellt, einmal, dass Anton Hugendubel gesund und zurechnungsfähig war, und zum anderen, dass die fraglichen, zum öffentlichen Verkauf angebotenen Hundertmarkscheine der Ausgabe C echt und einwandfrei waren. Solches wurde auch in der Zeitung, dem Organ gemeindlicher Bekanntmachungen veröffentlicht. Das Publikum las diese Notiz nicht ohne Anteilnahme, und viele ärgerten sich im tiefsten Inneren, dass sie dem von Amts wegen gesund erklärten Hugendubel keine Scheine abgekauft hatten. Die Obstfrau Schwammberger ärgerte sich gewaltig; denn das Glück hatte doch beinahe zwei Stunden an ihrer Seite gesessen, und sie hatte nicht zugegriffen. Ihre Entrüstung war so groß, dass sie mit den Kohläpfeln und Butterbirnen aufschlug und ihrer Obstwaage ein kleines Bleigewicht zu ihren Gunsten einklemmte.

Anton Hugendubel nahm sich das weiter nicht zu Herzen, zumal die Wanderlust seiner linken Niere ihm einige Beschwerden verursachte. Als aber eine Woche vergangen, und die Wanderniere vorübergehend wieder sesshaft geworden war, setzte sich an einem warmen Sommertag Anton Hugendubel wieder neben die Obstfrau Schwammberger und pflanzte vor sich ein Pappschild auf: „Gute, falsche Hundertmarkscheine. Per à Stück 50 Mark!"

Die meisten Leute lasen die Aufschrift nicht. Eilig drückten sie sich heran, erstanden einen Schein, bargen ihn heimlich und verstohlen in der Brusttasche und machten sich möglichst unauffällig davon. Die Obstfrau Schwammberger griff sofort zu und machte eine größere Transaktion, indem sie fünf Scheine kaufte und zu gleicher Zeit mit dem Butterbirnenpreis herunterging. Das Bleigewicht ließ sie gleichsam als Stabilisierungsfaktor für etwa eintretende Kursschwankungen vorläufig noch zu ihren Gunsten eingeklemmt, nahm sich aber aus ihrem natürlichen Rechtsempfinden heraus vor, es nach Sicherung der Marktlage zu entfernen.

So geschah es, dass Anton Hugendubel nach einer guten Stunde in ernster Stimmung den Platz verließ, nachdem er etwa hundert Scheine abgesetzt hatte. Es erwies sich schon bald, dass die Scheine eine ganz grobe und sinnfällige Fälschung waren, was zu allem Überfluss auch noch auf der Rückseite eines jeden Hundertmarkscheins vermerkt war. Die Käufer hatten also eine Art Scherzobjekt für ihr gutes Geld erstanden, und Anton Hugendubel buchte mit Befriedigung den Gewinn des Tages. Die rührige und lobenswerte Polizei vermochte ihm nichts anzuhaben; denn auf seinem Schild stand in großen, gemalten Buchstaben: „Gute, falsche Hundertmarkscheine. Per à Stück 50 Mark!"

Es liegt auf der Hand, dass die profitlichen, geldgierigen Käufer weiter nichts unternehmen konnten, als still zu schweigen und mit den Eselsohren zu wackeln. Der Obstfrau Schwammberger brach diese Transaktion das Genick. Sie musste ihren Obststand schließen, da ihr das Betriebskapital fehlte, was sie aber durch Kleinverkauf von Meerrettichstangen wieder langsam aufzubringen hoffte. Dies Ereignis fiel etwa in die Zeit, als Anton Hugendubel sein größeres Erlebnis hatte. Ihn traf das gewiss seltene Glück, einen Hutladen zu erben. Das brachte ihn anfänglich in arge Bedrängnis. Sein kinderloser, unverheirateter Bruder war gestorben und hatte nichts Besseres gewusst, als dem trauernd hinterbliebenen Blutverwandten einen ungeheuren Stapel von Hüten zu hinterlassen. Anton Hugendubel stand dieser Ansammlung männlicher Kopfbedeckungen ratlos gegenüber und nahm vorerst nur einen der schwarzhaarigen Zylinderhüte, mit welchem bedeckt er feierlich im Leichenzug seines Bruders schritt. Als er vor dem offenen Grab des Verblichenen stand und sich anschickte, drei Schaufeln feuchte Friedhofserde dem Bruder als letzte Ehre auf den Kopf zu werfen, hatte er das lähmende Gefühl, der neue und noch nicht so recht sitzende Zylinderhut müsste ihm vom Kopf fallen und dem ehemaligen Besitzer wie ein treues Tier in die Grube nachrollen. Es geschah aber nicht, und Anton Hugendubel trat, erleichtert aufseufzend, den Heimweg an.

Zum Hutladen gehörte nun ein kleiner Nebenraum, den Anton Hugendubel vorübergehend als Schlafstätte benutzte. Am gleichen Tag noch ließ er sein Bett hinschaffen und beschloss, inmitten seines neuen Besitztums zu schlafen. Die Ladentür schloss er ab, und da er ein Freund der Pappschildchen war, befestigte er ein solches am Ladenfenster und schrieb darauf: „Wegen Trauerfall geschlossen." Fast weinte er; aber nur aus Rührung darüber, dass er so gerührt sein konnte.

Abends setzte sich Anton Hugendubel hinter den Ladentisch, lehnte sich im Stuhl zurück, spreizte die Beine und fing leider an, mit beiden Händen in den

Haaren zu kratzen. Das bedeutete bekanntlich nichts Gutes. Wie ein neugieriger Vogel schaute er sich im Laden um, wo allenthalben aufeinandergeschichtet die Filz- und Strohhüte und Mützen saßen und Zylinderhutschachteln aufgetürmt waren. Als er die ganze Versammlung mit Muse betrachtet hatte, fiel es ihm ein, die Hüte und Mützen der Reihe nach aufzuprobieren. Er fing bei den Mützen an, stellte sich vor den großen Ladenspiegel und überprüfte sorgfältig seine Gestalt, wie sie sich unter dem Einfluss der wechselnden Kopfbedeckungen ausnahm und veränderte. Nie hätte er es früher für möglich gehalten, dass ein und dieselbe Person so grundverschieden aussehen könnte, je nach dem Hut oder der Mütze, die sie sich gerade auf den Kopf stülpt. Im Chapeau claque kam sich Anton Hugendubel schlechthin feierlich vor, und er kam in Versuchung, vor dem Spiegel eine kleine Rede - anlässlich einer Volksversammlung, einer Hochzeit oder Kindtaufe - zu halten.

Mitternacht war längst vorüber, als Anton Hugendubel den Laden verließ und sich im Nebenraum zu Bett begab. Im Traum marschierten Borsalino, Haarvelour, Sportmützen und Zylinderhüte auf, umringten ihn und störten seinen sonst so gesunden Schlaf in der unangenehmsten Weise. In grauer Frühe erhob er sich, fühlte eine kleine Mattigkeit und beschloss, alsogleich den Laden zu öffnen. Er selbst setzte sich hinter den Ladentisch, rauchte eine Pfeife und wartete, dass die Kunden kämen. Es kamen aber keine; denn es war erst sechs Uhr früh, und keinem Sterblichen fällt es ein, vor

Sonnenaufgang schon einen Filzhut zu erstehen. Das verdross Anton Hugendubel sehr, und er beschloss, überhaupt keine Hüte zu verkaufen.

Um halb zehn klingelte die Ladentür, und der erste Käufer erschien. Es war ein kleiner Mann mit krausem Bart, einer etwas zu großen Nase und scharfen Brillengläsern. Mit einem merkwürdig verschwommenen Blick glotzte er den Hutladenbesitzer an und sprach: „Ich möchte ein Strohhütchen!"

„Ein Strohhütchen?", antwortete Anton Hugendubel und grinste fast verschlagen. „Ja, lieber Herr, warum kommen Sie nun ausgerechnet zu mir und wollen ein Strohhütchen? Bin ich ein Hutmacher?"

„Ja, aber ...", der Herr war sichtlich betroffen, wollte noch irgendetwas erwidern, wurde aber von Hugendubel unterbrochen.

„Lassen Sie sich etwas sagen, lieber Herr! Ich habe keinen Hutladen, sondern eine Hutsammlung. Wie andere Menschen Briefmarken sammeln oder Ameiseneier, so sammle ich Hüte. Verstehen Sie? Ich bin aber gerne bereit, einen Tausch einzugehen, da ich viele Dubletten besitze. Wenn sie also irgendeinen alten oder neuen Filz, ein Strohdach oder ähnliches Ihr eigen nennen, dann will ich Ihnen gerne, vorausgesetzt, dass ich das Stück nicht selbst besitze, eine meiner Dubletten eintauschen."

Der Herr machte entsetzliche Glotzaugen, und etwas schien in seinem Inneren vorzugehen; irgendeine Gewissheit dämmerte wie eine Wetterwolke auf, und der Liebhaber für Strohhütchen griff jetzt langsam in die Tasche und zog eine Lupe heraus. „Erlauben Sie einen

Augenblick!", sprach er gedehnt, kam auf Anton Hugendubel zu und hielt ihm die Lupe vors Auge. Forschend und aufmerksam betrachtete er die Iris, kam ganz nahe an ihn heran und machte furchtbare Bullaugen. „Sie haben einen Nierenfleck im Auge!", platzte er heraus.

„Waas?" Anton Hugendubel erschrak. Nierenfleck? Was bedeutet das? War am Ende ein Stück seiner Wanderniere ...?!

„Ich habe eine Wanderniere! kann die etwa ins Auge ...?"

„A ... bababbabe!", wehrte der Herr ab. „Kann nicht ins Auge! Was soll Ihre Wanderniere im linken Auge? Ich sage, Sie haben einen Nierenfleck! Das heißt, ich kann in Ihrem Auge sehen, dass Sie mit einer Wanderniere gesegnet sind!"

„Ach soo!" Anton Hugendubel war schon halb beruhigt. „Da sind Sie wohl Arzt?"

„Das gerade nicht! Ich bin Augendiagnostiker!"

Anton Hugendubel konnte sich keine rechte Vorstellung machen, was ein Augendiagnostiker ist. Er hatte auch vorerst nicht den Mut danach zu fragen. „Erlauben Sie, mein Herr, ist solche Wa ... Wanderniere ... kann solche Wanderniere ... ich meine, ist es möglich, dass solche Wanderniere einmal ganz auswandert, also durch irgendeine natürliche Öffnung den Körper verlässt und auf Nimmerwiedersehen verschwindet?"

Der Herr stieß ein brüllendes Gelächter aus. „Sie scheinen mir ein rechter Kauz! Übrigens, wenn ich nochmals bitten dürfte!"

Er näherte sich wieder mit der Lupe und untersuchte

beide Augen Anton Hugendubels. Mit einer gewissen Befriedigung schob er das Vergrößerungsglas in die Tasche und stippte seinem Gegenüber den Mittelfinger auf die Brust „Sie haben außerdem ein weißes Magenfeld!", stieß er trompetenartig und siegesgewiss hervor.

„Aber um Gottes willen, was ... was soll ich mit ... mit einem weißen Magenfeld?"

„Was Sie damit sollen? Sie sollen damit gar nichts! Ich will Ihnen was sagen!" Der Herr lächelte verschmitzt und kam aufdringlich nahe an Anton Hugendubel heran, wobei er ihm ins Gesicht hineinsprach: „Ich will Ihnen was sagen: Machen Sie gerne eine Wette?"

„Was soll ich ...?"

„Ich meine, Sie machen doch gewiss auch mal gern eine Wette!?"

„Aber, was hat das mit meinem weißen Magen zu tun?" Der Herr machte eine abwehrende Handbewegung.

„Aba ... baba! Also hören Sie! Ich wette mit Ihnen um ein Strohhütchen, Größe 58, dass Sie eine gerissene Zunge haben. Sie haben eine gerissene Zunge!!"

„Fällt mir nicht im Traum ein, mein Herr! Fällt mir nicht im Traum ein, eine gerissene Zunge zu haben! Warum soll ausgerechnet ich eine gerissene Zunge haben!?"

Anton Hugendubel wurde ganz böse.

„Wenn ich sage, Sie haben eine gerissene Zunge, dann haben Sie eine gerissene Zunge!", erwiderte der Herr in scharf dozierendem Ton und rollte die Augäpfel, dass das Weiße hervortrat.

„Sie sind einfach verrückt!" Hugendubel blies bösartig die Backen auf. „Die Wette gilt! Wenn ich eine gerissene Zunge habe, erhalten Sie Ihr Strohhütchen in Größe 58 und obendrein noch einen Wiener Velour!"

„Zeigen Sie Ihre Zunge! Hängen Sie die Zunge nur ordentlich heraus!"

Anton Hugendubel öffnete den Mund und ließ die Zunge herausbaumeln.

Sie war gerissen. Es war kein Zweifel: die Zunge zeigte in der Mitte einen breiten verästelten Riss. „Hä hä hä hä!", meckerte der Herr und kreuzte die Arme über der Brust. „Hab' ich nun recht oder nicht? Ja, schauen Sie nur in den Spiegel!"

Anton Hugendubel war sprachlos. In etwas gedrückter Stimmung ging er zu einem der großen Schränke und verabfolgte dem Herrn ein elegantes Strohhütchen Größe 58, welches dieser sofort aufstülpte und seinen alten Filz zusammengerollt in die Tasche schob. Auf den Wiener Velour verzichtete er. In heiterer Laune und mit dem Versprechen, bald wiederzukommen, verließ er den Hutladen. Anton Hugendubel blieb mit sorgenvollem Gesicht zurück und schlug sich mit allerlei krausem Gedankenwirrwarr herum. Es wollte ihm nicht in den Kopf, dass er einen weißen Magen haben sollte und eine gerissene Zunge. Das war ihm fast unheimlich.

Er schloss den Laden ab, trat vor den Spiegel und betrachtete gedankenvoll seine Zunge. Sie war also wahrhaft gerissen, daran ließ sich nichts ändern. Ein wenig bedrückt verbrachte er den Tag und schlief in der darauffolgenden Nacht sehr schlecht. Besagter Herr aber, seinem wahren Beruf nach Biologe und Erasmus Bombach geheißen, kam wirklich wieder, wurde in der Folge Anton Hugendubels Freund und weihte ihn sorgfältig in die geheimnisvolle Kunst der Augendiagnose ein. Hugendubel schaffte sich eine Lupe an, kaufte allerhand Bücher und verbiss sich förmlich in das Studium.

Wochen vergingen, und plötzlich kam Erasmus Bombach nicht wieder. Niemand wusste, warum der seltsame Mensch, von dem anderweitig noch zu reden wäre, so urplötzlich und unerwartet von der Bildfläche verschwunden war. Einige Schlauköpfe wollten wissen, er sei in einem Sanatorium untergebracht worden und zwar auf dringendes Anraten von Geheimrat Ypsilon, Facharzt für Nervenkrankheiten. Wie dem auch sei, Erasmus Bombach trat vom Schauplatz ab.

Anton Hugendubel aber kam in einen Geruch. Es gab Leute, mit allerlei Gebrechen, die den Hutladenbesitzer aufsuchten. Zum Beispiel kam eine Frau mit erfrorenen Füßen. Sie wollte geheilt sein und sprach den Wunsch aus, Anton Hugendubel möchte ihr mit seiner Lupe ins Auge schauen, um zu sehen, was mit ihren Füßen los wäre.

„Liebe Frau!", sprach Hugendubel salbungsvoll, „Sie sind am falschen Platz! Hier ist ein Hutladen!" Schließlich zog er aber doch seine Lupe hervor, untersuchte die Augen und sprach gelassen: „Sie haben keine erfrorenen Füße, sondern eine Leberschwellung! Und außerdem neigen Sie zu Magenkrebs. Sie sollten nur Hühnerfleisch essen. Übrigens entdecke ich auch noch eine

44

Herzbeutelentzündung, ganz abgesehen von der kleinen Schilddrüsenverkrümmung, die sich mir in dem schwarzen Punkt hier offenbart. Wenn übrigens Ihr Mann einen Hut wünscht, ich habe noch verschiedene Dubletten."

Die Frau mit den erfrorenen Füßen verließ in hoher Verzweiflung den Laden und lief zum Kreisarzt, der sie auslachte, keinerlei Krankheitssymptome entdeckte und ihr Eisenpillen verschrieb.

Es ist außer Zweifel, dass die Handlungen Anton Hugendubels anfingen bedenklich zu werden. Er dichtete seinen Besuchern die erschrecklichsten Krankheiten an den Leib und richtete auf diese Weise allerlei Unheil an. Einem harmlosen Mann, Schuhmacher von Beruf, der wegen irgendeines Gebrechens zu ihm kam, riet er, sich den nackten Körper mit Brennnesseln peitschen zu lassen, was der Unglückliche auch tat. Einem kurzen, krummbeinigen Bauersmann schwätzte er einen Chapeau claque auf; kurz, er tat Dinge, die mit normalen Handlungen nicht mehr zu verwechseln waren.

Er selbst machte auch allerlei Dummheiten. So fiel ihm plötzlich in seinem dreiundfünfzigsten Lebensjahr ein, eine junge Frau zu heiraten. Diese Frau, welche Amalie hieß und sich Haarlocken brannte, hatte es mehr auf den Hutladen, als auf Anton Hugendubel abgesehen, was dieser aber nicht merkte; vielmehr war er fest davon überzeugt, Amalie mit den Stirnlöckchen habe ihn aus Liebe geheiratet. Das konnte man ihm schließlich verzeihen; denn Ähnliches denken bekanntlich alle betagten Männer, die in den Kalkjahren nochmals in den Hafen einer Ehe steuern. Weniger harmlos war es aber, wenn Anton Hugendubel seiner Ehehälfte einen Zylinderhut über den Kopf trieb und dazu sprach: ich bin dein Mann und muss dich be"hüten", oder wenn er in ihrem Auge die galoppierende Schwindsucht entdeckte und sich darauf versteifte, sie müsse Hundefett genießen. Kein normaler Mensch wird seiner Frau zumuten, Hundefett zu essen.

Anton Hugendubel saß zu jener Zeit oft abends im Laden, hatte sich einen alten, grauen Biedermeierhut auf den Kopf gesetzt und blies auf einer sogenannten Okarina: „Behüt' dich Gott, es wär' so schön gewesen!"

Nüchtern geurteilt, wäre es am Platz gewesen, Anton Hugendubel einmal gründlich zu untersuchen. Am Ende hatte seine Wanderniere irgendwie im Kopf Unheil angerichtet. Die Verschrobenheiten, die er allenthalben beging, können hier nicht alle berichtet werden; sie waren aber so sonderbarer Natur, dass Amalie mit den Stirnlöckchen anfing, ängstlich zu werden, zumal Hugendubel eines Tages den Plan fasste, seine Hutsammlung an einen Kriegerverein zu verschenken. Nur mit Mühe konnte sie diese Absicht vereiteln. Einige Tage später kam Anton Hugendubel aufgeregt nach Hause und erklärte, er habe seine Kopfweite verloren. Irgendwo müsse er seine Kopfweite verloren haben. Er ging zur Zeitung und wollte eine Annonce aufgeben: „Kopfweite verloren. Der ehrliche Finder usw."

Unter solchen Erscheinungen trat er in sein vierundfünfzigstes Lebensjahr, über das er nicht

46

hinauskommen sollte. Er saß eines Tages im Hutladen und kratzte sich in den Haaren. Sehr lebhaft fiel ihm plötzlich sein verschwundener Freund Erasmus Bombach ein. Da brachte ihm der Postbote einen Brief.

Anton Hugendubel beschlich ein sonderliches Gefühl; das kam aus der Brust, stieg in den Kopf, und rauschte wie eine Brandung in beiden Ohren. Er öffnete den Brief, las ihn voll Bestürzung, fiel um und war tot.

Seine Frau Amalie fand ihn hinter dem Ladentisch liegen, den Brief in der zusammengekrampften Hand.

In dem Brief stand: „Lieber Hugendubel! Du wirst wohl gar nicht mehr leben, wenn Du diesen Brief erhältst. Ich will Dir nur schreiben, warum ich Dich und die Stadt verlassen musste. Ich habe damals einen Kalkfleck in Deinem Auge entdeckt. Wer diesen Kalkfleck hat, dessen Tage sind gezählt. Außerdem sah ich in Deinem Laden schwarze Ameisen mit Flügeln, was immer eine Leiche bedeutet. Ich wollte aber meinen besten Freund nicht sterben sehen, und so ergriff ich die Flucht. Wenn Du noch lebst, schicke mir bitte ein leichtes Filzhütchen Größe 58. Ich bin nun wieder zu Hause und grüße Dich. Dein Erasmus Bombach."

Der Kalkfleck hatte also in der Tat Anton Hugendubel das Leben gekostet. Die Ärzte waren zwar anderer Ansicht. Wahrscheinlich hatte ihn der Schreck getötet.

Der Verblichene wurde hinten im Kämmerlein, das zum Hutladen gehörte, aufgebahrt. Den grauen Biedermeierhut gab ihm Amalie mit in den Sarg. Ebenfalls die Okarina.

Es wurde eine hübsche, feierliche Beerdigung.

Die Hutmacherinnung sang am Grab das ergreifende Lied: „Nimm ihn Herr in deine Hut."

Polternd fiel die feuchte Erde auf Anton Hugendubel, und er war somit ausgelöscht.

Amalie mit den Stirnlöckchen trauerte ehrlich um den Dahingeschiedenen. Dann heiratete sie einen Vorarbeiter aus der Filzhutfabrik.

Jetzt sind wir draußen zwischen den Ähren, zwischen den gelben, sinkenden Halmen.

Die Arbeit rauscht; man kann es nicht anders sagen. Es liegt ein Rauschen im blauen Morgen, und in dieses Rauschen hinein klingt metallisch das hämmernde Geräusch der Mähmaschine.

Die Sonne kommt höher und schon liegt eine trockene Hitze über den Feldern. Überall stehen die Fruchtgarben zum Trocknen.

Hurrle, der Charakterkomiker, und ich werden zum Garbenbinden kommandiert.

Da sind sie jetzt alle, die ich kenne vom Abend, in der Gesindestube. Da hockt er auf der Mähmaschine, der Lange, der aus dem Dachkandel saufen kann und ein Fratzenakrobat ist; da hockt er oben und schwingt die Peitsche und die Oldenburger stampfen über die Stoppeln und haben weiße Schaumflocken an den Mäulern. Ein herrlicher Anblick.

Der Tarabumm ist auch da; beim Erntewagen steht er und lädt die Garben vom Vortag auf. Und oben im gelben Halmenparadies thront die blonde Fränz und zeigte das Raubtiergebiss. Sie ist farbig gekleidet und trägt ein weißes Kopftuch. Oh, der Satan muss auch hier mit den Augen rollen, mitten im Aufladen, im Strohgeräusch und im Schwitzen.

Da rauscht und klappert die Maschine an mir vorüber;

Pferdegeruch umwölkt mich, weiße Flocken wirbeln mir auf den Schilfleinenen; der gelbe Tod fährt sausend in die Halme. Schon ist der Lange vorüberkutschiert. Der Tarabumm, hager und dürr, einen zerfetzten Strohhut auf dem Zwiebelkopf, hängt eine Flasche mit Gesindewein an den Hals. Die beiden anderen Mägde, die Eifersüchtigen, sind auch beim Binden, wir kommen ja kaum nach, so eilig hat es der Dachkandel.

So sinken die Felder um, und ich fühle, wie es mir nass über den Rücken rinnt. Der satte, kräftige Ruch des Getreides schwängert die Luft, nie war ich so umbrandet von Arbeit, und nie stand ich so froh und kreuzlahm in des Herrgotts blauem Tag.

Einmal hält Hurrle inne und schaut mich verquollen an; gedunsene Säcke hängen unter seinen Augen. „Du wirst dich vielleicht noch entsinnen", sagt er und knotet die farbigen Erntestricke auseinander, „dass ich dir einmal das Zauberkunststück vom tanzenden Taler vormachte?"

„Natürlich, Hurrle. Sowas vergisst man nicht. Du hast einen Taler ins Bierglas geworfen und ihn im Glas tanzen lassen."

„Stimmt! Richtig!" Er rafft die Kornähren und schichtet sie.

„Du wirst beistimmen, wenn ich sage, es ist ein ausgezeichneter Trick."

„Ganz großartig, Hurrle. Ich habe gestaunt."

Er schlingt einen roten Strick um die Frucht und schielt mich von unten herauf an. Was will er denn?

„Dann bist du gewiss auch so ehrlich und gestehst, dass, an diesem Trick gemessen, dein Kreidepünktchen nur

50

eine Bagatelle ist? Ich meine, dein Kreidepünktchen kann gegen meinen tanzenden Taler nicht aufkommen?"

„Nein, das kann es eigentlich nicht."

„Du hast auch keine Ahnung, wie die Sache gemacht wird?"

„Nein, ich habe keine Ahnung. Ein wahres Wunder!"

„Siehst du!" Befriedigt stellt er die Garbe hoch und ich fahre unbekümmert fort, mit der Gabel zu schichten. Hurrle macht eine kleine Pause, legt mir eine Hand auf die Achsel und meint: „Wenn ich mich also herabließe, meinen tanzenden Taler gegen dein Kreidepünktchen auszutauschen, so hättest ohne Zweifel du das bessere Geschäft gemacht."

Ich weiß es, das Kreidepünktchen bringt ihn um alle Lebensfreude, er träumt nachts davon.

„Hurrle, Ehrenwort ist Ehrenwort!"

„Du willst damit sagen, dass du den Tausch nicht eingehst? Bitte sage es ruhig heraus. Ich wollte dir nur einen Gefallen tun aus alter Kollegialität, verstehst du?"

„Du bist ein prächtiger Mensch! Ich glaube, dort kommt der Herr Baron."

„Ich würde noch meine amerikanische Tabakpfeife zulegen. Sie hat einen Wassersack und du ..."

„Der Herr Baron, Hurrle!"

Richtig, dort kommt er hoch zu Ross. Wie schneidig sieht er aus und jugendlich im ländlichen Anzug mit grünem Hut und langen Schaftstiefeln. Er reitet den Wallach Max, und nun er im englischen Trab über das Stoppelfeld daherkommt, ist er ganz Herr und Gutsbesitzer. Streng ist sein Gesicht, mit einem Blick überprüft er wie ein Feldherr das Gelände.

Ho, jetzt kommt noch mehr Dampf auf die Mähmaschine; die Pferde legen sich steifer ins Geschirr, der Dachkandel knallt mit der Peitsche, und der goldene Roggen sinkt in verschleierten Kaskaden nieder. Alle Hände rühren sich rascher, und oben auf dem getürmten Wagen steht die Fränz und stemmt beide Fäuste in die Hüften.

Der Herr Baron hält vorm Wagen; er greift nach den Ähren; er nimmt eine Ähre und zerreibt sie zwischen den flachen Händen. Die Fruchtkörner zählt er und prüft ihre Stärke; in die flache Hand bläst er, dass Spreu davonstiebt.

Er schaut auch hinauf zur Fränz, aber sein Blick bleibt ernst und streng; ihre blanken Zahnreihen kümmern ihn nicht, auch nicht die nackten Beine, die vom Stroh blutig geschrammt sind.

Er reitet das Feld ab, jeder Zoll ein Gutsherr; er kommt auch zu uns und bleibt eine Weile stehen.

Hurrle hat recht: auch sein Pferd kaut malmend auf dem Gebiss. Es spielt auch unaufhörlich mit den Ohren und schaut nach Lohengrin hin, der faul in der Sonne liegt. Er tänzelt auf allen vieren und hat die Unruhe im Leib; schiebt den Kopf nach vorn, um aus dem schwachen Kandarendruck zu kommen, ein herrliches Tier ist Max.

„Na, kommt ihr zurecht?"

„Jawohl, Herr Baron." Hurrle wischt den Handrücken über das beschweißte Gesicht und zieht eine furchtbare Fratze.

Der Baron lacht kurz und ich sehe, dass er einen Satz

52

formt. „Da ist mir eingefallen", sagt er zu mir und kratzt sich das Kinn, „ist mir eingefallen, dich zu fragen: kannst du auch Weizenbier brauen? Ich hätte unter Umständen Lust, für mein Personal Weizenbier brauen zu lassen."

Du lieber Gott, jetzt fängt er schon wieder mit dem Bier an.

„Sicher hast du schon Weizenbier gebraut?"

„Natürlich, Herr Baron. Nur, das Weizenbier soll ja, wie man sagt, nicht so bekömmlich sein."

„Im Gegenteil, mein Lieber. Wir wollen das bald mal näher besprechen. Du kannst als Fachmann mir einen kleinen Kostenanschlag machen."

Dann trabt er davon.

Hurrle stößt ein widerliches Lachen aus und gluckert anschließend behaglich in sich hinein wie ein Huhn beim Eierlegen.

„Ich trinke das Weizenbier auch gern. Es wird gut sein, Fabian, wenn du bald mit dem Brauen beginnst."

Das Beste, man gibt ihm keine Antwort und arbeitet weiter. Da trifft mich aber etwas an den Kopf. Es muss eine kleine Erdscholle gewesen sein.

„Ich verbitte mir, dass du mir Dreck um die Ohren wirfst!"

„Ich? Wer wirft?"

„Na, du hast mich doch eben beworfen." - „Fällt mir nicht ein!"

Wer hat mich denn beworfen, zum Teufel? Hat jemand gelacht? Wo denn? Im Kornfeld?

„Hat eben jemand gelacht, Hurrle?"

Er hat nichts gehört, ich aber glaube bestimmt, ein

Lachen gehört zu haben.

Ein Wagen mit goldener Last schwankt davon; er schaukelt und schlingert wie ein phantastisches Schiff über den krummen Ackerboden. Tarabumm, die Zügel gestrafft, stolpert an der Seite her, fuchtelt mit der Peitsche und stößt anfeuernde Rufe aus. Er kommt an uns vorbei. Pferdegeruch, Schweißdunst. Der Knecht spuckt durch die Zahnlücken, seine schiefen Augen sind gerötet, er schiebt den Zwiebelkopf aus den Schultern, dass die Muskelstricke über den Hals laufen! Hüa! Hüa! Ihr Sakramenter!

Die Arbeit rauscht. Die Mähmaschine, das fürchterliche Sensenungeheuer, klappert, und es ist, als ob einem gewaltigen Kopf die Haare geschnitten würden.

Die Fränz geht zum Binden. Mit den nackten, verschrammten Beinen streift sie an mir vorbei, ein gefangener Wildling; ein blonder Satan. Ein Odem von Hitze strömt von ihr aus; die blonden Haare kommen unterm Kopftuch hervor; zügellos farbig und federnd geht sie durch den blauen Erntetag. Ich wundere mich nicht, wenn einer den Verstand verliert.

Da trifft mich doch schon wieder eine Erdscholle, ganz plötzlich und unerwartet.

„Fränz, wirfst du mit Erdschollen?" - „Wen? Dich?"

„Mir ist Dreck ins Gesicht geflogen."

„Verrückter Kerl!"

Jetzt muss ich aber aufpassen. Fallen denn Erdschollen vom Himmel? Die Fränz lacht, streut über die Stoppeln und dampft ihre junge Witterung aus. Die Eifersüchtigen stecken die Köpfe zusammen.

Wir bleiben über Mittag draußen; das Essen wird uns gebracht. Schweinefleisch, Sauerkraut und Erbsenbrei. Und Gesindewein.

Fünf Minuten von den Feldern entfernt, fließt ein kleiner Bach; dort stehen einige Erlen und Weiden.

Wir lagern im dünnen Schatten und schaufeln das Essen in uns hinein; es ist ein lustiges Schmatzen und Schlingen, Lohengrin hat einen guten Tag. Man soll nicht glauben, dass wir hier sehr fein und gesittet essen; nein, wir hacken wacker drauflos und halten die Schweinsknochen in den Händen. Wir graben die Zähne ins Schwarzbrot, und das Fett hängt uns um den eifrigen Mund. Aus der Flasche trinken wir, ich habe das in den Wäldern gelernt, man muss Luft zulassen, sonst kommt man zu kurz.

Nach dem Essen erhebe ich mich und schlendere nach den Feldern zu. Die Fränz, frech wie ein Rohrspatz, ruft mir noch nach: „Suchst gewiss jemand, der mit Erdschollen wirft. Ha ha ha, dir fallen noch die Sterne vom Himmel."

Lasst sie nur reden, ich gehe, und Lohengrin geht mit mir.

Noch eine halbe Stunde habe ich Zeit, da will ich mich an ein Kornfeld legen und die Wolken über mich hinwegziehen lassen. Nebenbei: ich könnte es gut und gerne beschwören, dass jemand mit Erschollen nach mir geworfen hat.

Die Kreuzspinne

Ich war als junger Maler von Sizilien gekommen und wanderte nun durch das heiße Süditalien, um langsam und mühevoll wieder meine Heimat zu erreichen. Der Brand des Tages hatte meine Glieder erschöpft. Als der Abend kam, war ich weitab von menschlichen Wohnungen, und da zudem meine gesamte Barschaft knapp zwei Lire betrug, beschloss ich, in einem nahen Olivenhain zu nächtigen. Schon wollte ich seitwärts über die ausgedörrten Felder gehen, da sah ich in der Dämmerung zwei blendend helle Lichteraugen auf mich zukommen. Ein weißes Auto, in eine wirbelnde Staubwolke gehüllt, kam in rasender Fahrt die Landstraße daher. Merkwürdigerweise stoppte der Wagen ab, und als er dicht bei mir war, sah ich wie der Führer und einzige Insasse die Handbremse zog und den Wagen zum stehen brachte.

„Wollen Sie mitfahren, Signore?", fragte der Fremde und schaute mich finster forschend an. Mir war etwas beklommen zumute und wenn ich sein Anerbieten trotzdem annahm, so geschah dies nur, weil ich hoffte, menschliche Siedlungen und vielleicht ein halbwegs anständiges Obdach zu finden. Ich stieg also ein und nahm an seiner Seite Platz.

Ohne etwas zu sagen, gab er sofort Gas und fuhr in einem geradezu phantastischen Tempo durch die süditalienische Nacht. Nie habe ich einen Menschen so fahren sehen! Er fraß sich wie ein Geschoss in die Dunkelheit; er würgte die Straßen ab. Niemals habe ich erlebt, dass ein Mensch so fuhr! Er ging mit vollem Gas in die Kurven, hing, fast lässig zurückgelehnt am Steuer und hatte, den Blick nach vorn gerichtet, etwas dämonisch Besessenes. Unbegreiflich, dass ein Mensch bei dieser Geschwindigkeit seine Nerven, seine fast erstarrte Ruhe behalten konnte. Ich wagte nicht, zu reden, ich saß steif, mit starren Augen in das graue Band der Straße stierend, das unaufhörlich stichartig sausend vom Wagen verschluckt wurde. Ich weiß nicht, wie lange wir fuhren, ich weiß nur, dass das Tempo dieses Mannes fast etwas Unbegreifliches, etwas Genialisches hatte. Nach geraumer Zeit bog er in einen Seitenweg ein und fuhr nun mit abgestopptem Tempo auf einen Häuserblock zu, der beim Näherkommen mir wie ein Schloss erschien.

Wir fuhren durch ein Tor in den Hof, und dort forderte der Fremde mich auf, auszusteigen, gleichzeitig mich bittend, ich möchte für den Abend sein Gast sein. Ich war betroffen von dieser Einladung, folgte aber willenlos in das düstere Haus und wurde in ein Zimmer geführt, das mir für die kommende Nacht angewiesen war. Als ich mich allein in diesem Raum befand, schaute ich mich beklommen um, immer noch nicht begreifend, wie ich eigentlich auf so wundersame Weise hierhergekommen war. Das Zimmer machte einen altertümlichen, ja fast toten Eindruck, war mit kunstvoll gefertigten Möbeln aus dem siebzehnten Jahrhundert versehen und mit einem außerordentlich feinen Gobelin geschmückt, ein

Werk asiatischer Kunst, wie ich feststellen konnte. Was mir besonders auffiel, waren zwei große Spiegel, die nebeneinander an der Wand hingen und in diesen sonst harmonischen Raum mir nicht zu passen schienen. In einer getrennten Abteilung des Zimmers, durch einen japanischen Seidenschirm abgeteilt, befand sich ein Bett.

Ich hatte nicht lange Zeit, zu verweilen; denn kurz nachdem ich mich notdürftig gewaschen und gereinigt hatte, klopfte es an und es erschien ein alter Diener, der mich freundlich aufforderte, ins Speisezimmer zum Essen zu kommen. Dort eintretend, traf ich meinen seltsamen Gastgeber und bei ihm drei Herren, die mich freundlich und mit kavaliermäßiger Höflichkeit begrüßten und willkommen hießen, während die Miene meines Gastgebers selbst, wenn auch verbindlich und zuvorkommend, so doch finster verschlossen und grüblerisch forschend blieb. Es gab ein erlesenes Essen, zu dem man Asti Spumante und Rotwein trank, in dessen Verlauf aber nur wenig gesprochen wurde. Nach Beendigung des Mahles erhoben wir uns und wurden vom Gastgeber in ein Musikzimmer geführt, wo er mich aufforderte, in einem Ledersessel Platz zu nehmen. Die vier Herren gruppierten sich nun um ihre Pulte und machten sich zum Musizieren bereit. Mein Gastgeber spielte das Cello. Ich saß im Sessel, in einem matten Dämmerlicht und sah vor mir die durch flackernde Kerzen erleuchtete Musikantengruppe wie etwas Gespenstisches, wie eine traumhafte Spiegelung fast, die von Licht hell umrahmt mir in weite Ferne gerückt schien. Sie fingen jetzt an zu musizieren und spielten jenes wundervoll perlende Streichquartett in E-minore von Tschaikowskij. ich war berauscht von diesen strahlenden Klängen, dies um so mehr, als ich Monate lang mich kümmerlich, ein Bettler fast, durch die Unwirtlichkeit einer mit trostlosen Landschaft geschleppt hatte und fern gewesen war von einer solch wohltuenden Seligkeit und ruhevollen Melancholie, wie sie hier mich umgab.

Während der zweite Satz, jenes melodienströmende Adagio in H-majore gespielt wurde, geschah etwas Seltsames. Ich beobachtete, wie von der Decke herab eine riesige Kreuzspinne sich langsam herabließ, in der Luft schwebend wenige Sekunden verweilte, sich dann auf den Boden senkte und zum Stuhl meines Gastgebers lief, wo sie sitzen blieb und während des ganzen Spiels unbeweglich verharrte. ich weiß nicht, warum dieser Vorgang mich dermaßen staunend bewegte und warum ich immerfort auf dieses Tier schauen musste, das mit einer seltsamen Plastik sich in mein Blickfeld geschoben hatte und das nun dort saß, als hätten die Klänge der Saiteninstrumente es herbeigelockt und als würde es dem Spiel der vier Musikanten aufmerksam und versunken zuhören. Als das Quartett zu Ende war, erhoben sich die Herren und ich glaubte, zu bemerken, dass mein Gastgeber einen flüchtigen Blick nach seinem Stuhl warf, als ob er dort etwas suchen würde. Die Spinne war verschwunden.

Wir saßen noch eine Weile beisammen und einer der Herren erzählte eine Geschichte, die sich auf seinen Reisen zugetragen hatte und die in einem indischen

Bungalow spielte, wo ein Fakir ihnen die seltsamsten Dinge gezaubert hatte. Dann verabschiedeten wir uns und ich war wenige Minuten später schon in meinem Zimmer.

Ich zündete eine Kerze an und schaute mich nochmals in dem toten Raum um. Innerlich zu sehr erregt von der Einwirkung des verflossenen Schauspiels, fühlte ich keinerlei Schlafbedürfnis, ja, ich war heller wach als am Tag und trat nun zum Fenster um einen Blick in den nächtlichen Park zu werfen. Da glaubte ich hinter mir ein Geräusch zu hören, das mich leise erschreckte. Ich schaute mich um und sah tief erstaunt und von Bangnis angeweht, wie der eine große Spiegel sich plötzlich wie eine Geheimtür lautlos öffnete und eine Gestalt langsam zu mir ins Zimmer trat. Es war eine junge Frau von blühender Schönheit, aber, wie mir schien, keine Italienerin, sondern mehr der germanischen Rasse entstammend. Sie legte im Näherschreiten, mich an Stillschweigen und Verschwiegenheit mahnend, zwei Finger auf den Mund und trat dann zögernd auf mich zu. Ich war so bestürzt von ihrem Erscheinen und so geblendet von ihrer Lieblichkeit, dass ich kein Wort über die Lippen brachte.

„Erschrecken Sie nicht vor mir!", sprach sie leise, „ich darf nicht lange hier verweilen. Nur wenige Minuten. Nur in der Nacht kann ich mit Fremden sprechen und bei ihnen sein. Haben Sie diese wundervolle Musik gehört? Lieben Sie Tschaikowskij?"

„Ich habe Sie gehört", antwortete ich stockend, „aber wer sind Sie? Wie ... kommen ... Sie zu mir ... herein?"

„Fragen Sie nicht danach! Es gibt so vieles, was wir nicht begreifen. Wir sind ja von Wundern umgeben. Fragen Sie nicht! Wir alle wissen nicht, wer wir sind und woher wir kamen. Vielleicht sind wir dunkle Wesen; vielleicht sind wir tot; vielleicht sind wir Spinnen!"

„Spinnen?!", fragte ich betroffen, „Spinnen?!" Ich war sinnlos verwirrt, denn sofort fiel mir das Tier ein, das sich während des Spiels von der Decke herabgelassen hatte. Warum sprach sie von Spinnen?!

„Fragen Sie nicht! Wissen Sie, dass man auf dieses Adagio tanzen kann? Alle Musik ist nur um des Tanzes willen."

Ich stand unbeweglich und sah nun, wie die Frau anfing, sich in anmutigem Spiel zu einer mir verborgen klingenden Musik im Kreise zu drehen in graziös schmiegsamen Bewegungen, teils nach rückwärts gebeugt, teils wieder auf den Zehen libellenhaft schwebend und dergestalt einer wohlgeformten Plastik gleichend, die durch irgendein geheimes Wunder zum Leben erweckt wurde.

Schließlich schien sie in einem Zustand der Erschöpfung zu sein, kam in flatternden Bewegungen auf mich zu und sank mit geschlossenen Augen in meine Arme. Ich umfing dieses fremdartig blühende Wesen voll tiefer Inbrunst, hatte die Gewissheit eines unerhörten Erlebnisses und dann fühlte ich, wie meine Lippen mit den ihren in schmerzlicher Süßigkeit sich vereinten. In dieser stummen Liebkosung verweilten wir einige Zeit, da riss die Schöne sich plötzlich erschrocken los, flüchtete aus meinen Armen und eilte nach der offenen

Spiegeltür. Ehe ich es zu begreifen vermochte, war sie verschwunden.

Ich war allein. Lange stand ich unbeweglich auf der gleichen Stelle und war im Bann der lieblichen Szene, die wie ein duftbeladener Nachtwind an mir vorübergerauscht war. Ich trat zum Spiegel, untersuchte genau das Gefüge, konnte aber keine Spur einer geheimen Tür finden. Im Spiegel selbst sah ich meine Gestalt, aber nur schattenhaft matt und halb erblindet. Es war lange nach Mitternacht, als ich endlich das Bett aufsuchte, und als der Morgen graute, lag ich immer noch mit wachen, suchenden Augen.

Ich blieb noch zwei Tage in diesem Haus, ging heimlich auf die Suche nach meiner Schönen, konnte sie aber nirgends zu Gesicht bekommen. Jeden Abend kamen die Herren zu Tisch, gingen dann ins Musikzimmer und spielten das Quartett eines klassischen Meisters. Ich aber saß im Ledersessel, hörte die rauschenden Akkorde und beobachtete, wie die riesige Kreuzspinne von der Decke sich niederließ, zum Stuhl meines Gastgebers lief und dort lauschend bis zum Ende des Spieles verweilte. Ich selbst konnte dieses Ende kaum erwarten, brachte es mich doch der Erfüllung meiner Sehnsucht näher. In jeder Nacht nämlich erschien die Schöne durch die Spiegeltür und wir genossen wenige Minuten eines köstlichen Beisammenseins.

In der dritten Nacht, als sie vor dem Gobelin tanzte und ich sie dann berauscht in die Arme schloss, glaubte ich nur für eine blitzhafte Sekunde das Antlitz meines Gastgebers zu sehen, das sich in dem geöffneten zweiten

Spiegel mit der Grimasse eines zu Todes erschrockenen Menschen zeigte und sofort wieder verschwand.

Am darauffolgenden Abend wurde ein Quartett von Mozart gespielt. Während des ersten Satzes schon erschien die Kreuzspinne, meine seltsame Mithörerin. Als der Satz zu Ende war, lag eine auffallend drückende Schwüle im Raum, die in mir die Empfindung auslöste, es müsste irgendetwas Unerhörtes sich ereignen. Als ich solches dachte, erhob sich mein Gastgeber, schob den Stuhl beiseite und zertrat die Spinne mit dem Fuß. Ohne etwas zu sagen und ohne dass ich eine Veränderung an ihm hätte feststellen können, setzte er sich gelassen wieder auf den Stuhl, und dann schmolzen auch schon die Klänge des Andante cantabile durch das Zimmer.

In dieser Nacht kam meine wunderliche Freundin nicht. Ich wartete vergeblich auf sie. Der Spiegel öffnete sich nicht, der Raum blieb tot. Wohl aber klopfte es kurz nach Mitternacht an meine Tür, und als ich öffnete, stand mein Gastgeber draußen.

„Verzeihen Sie, wenn ich Sie bitten muss, Signore, noch in dieser Nacht mein Haus zu verlassen. Besondere Umstände ..."

„Aber ... warum? Was ... hat sich ... ereignet ...?" Ich war aufs Tiefste bestürzt und stand wie in einem Nebel der Verwirrung, die Gewissheit in mir tragend, dass etwas Grausiges sich ereignet haben müsse.

„Meine Frau ... ist heute Nacht gestorben!", sprach er eindringlich und gab mir durch eine Geste zu verstehen, ich möchte ihm folgen. Ich tappte hinter ihm durch dunkle Gänge; wortlos, denn das Entsetzen schnürte mir die Kehle zu.

Wenige Minuten später saßen wir in dem weißen Auto und fuhren davon. Die Geschwindigkeit, mit der er fuhr, grenzte ans Bizarre. In hexenmäßiger Fahrt zerstörte er jegliches Gefühl für Ort und Entfernung. Es wird mir ewig unfasslich bleiben, wie ein Mensch kaltblütig ein solches Tempo ertragen konnte. Er brauste durch die Nacht wie ein Meteor. Irgendwo in der Nähe eines Dorfes hieß er mich den Wagen verlassen, drehte um und war bald von der Nacht verschluckt.

Was soll ich noch erzählen! Mein Erlebnis ließ mir keine Ruhe. Am anderen Tag ging ich auf die Suche nach dem Schloss. Ich fragte Leute in der Gegend aus und erfuhr von ihnen nur wenig. Ein alter Mann nannte mir sechs Wegstunden entfernt ein schlossähnliches Gebäude, das aber verlassen und zur Zeit nur von einem Verwalter bewohnt sei. Ich machte mich sofort auf den Weg und fand in der Tat das bekannte Haus, das inmitten eines prächtigen Parkes stand. Eintretend, traf ich auf den Schlossverwalter, einen alten, gebückten Mann, der mir neugierig blinzelnd entgegenkam, und den ich nach den Bewohnern des Anwesens fragte. Da schüttelte er den Kopf und berichtete mir folgendes: Der Besitzer des Schlosses, ein italienischer Graf, sei mit seiner jungen Gemahlin, einer deutschen Tänzerin, vor drei Jahren bei einer wahnwitzigen Automobilfahrt tödlich verunglückt. Der Herr Graf sei ein bekannter Rennfahrer, gleichzeitig auch ein großer Musikliebhaber gewesen. Mehr wollte er mir nicht erzählen. Erst auf meine wiederholten Bitten erklärte er sich bereit, mir das Innere des Schlosses zu zeigen.

Da trat ich denn staunend durch die mir bekannten Räume, schritt durch das Esszimmer und kam in das angrenzende Musikzimmer, wo ich den Ledersessel sah, in dem ich gesessen hatte. In der Ecke lehnte ein Cello an der Wand. Ich kam auch mit klopfendem Herzen in den Raum, wo ich geschlafen hatte. Mein erster Blick fiel auf die beiden großen Spiegel. Aber es waren keine Spiegel mehr, es waren prunkvolle Ölgemälde, darstellend meinen Gastgeber und jene schöne Unbekannte, die unter dem Mantel tiefer Nächte zu mir gekommen war und die ich für flüchtige Sekunden in den Armen gehalten hatte.

Der Verwalter sah meine Bestürzung und wiegte lächelnd den Kopf.

„Es hat eine sonderbare Bewandtnis", sprach er flüsternd, auf die Bilder deutend, „eine sonderbare Bewandtnis hat es mit dem Tod dieser beiden. Eifersucht ... Sonderlinglaunen. Krankhafte Ideen ...! Der Tod soll ... nicht ... ganz unfreiwillig gewesen sein!"

Eine Stunde später wanderte ich die glühende Landstraße entlang, immerfort grübelnd und nach Erkenntnis suchend. Ich fand keine Erklärung für mein Abenteuer.

Die Begegnung

Das Lied war längst zu Ende, ich saß immer noch unter der alten Weide, da sah ich, wie sich ein Nachen vom großen Schiffskörper loslöste und wie eine Gestalt mit kräftigen Ruderschlägen das Fahrzeug gegen die Strömung dem Ufer zulenkte.

Die Gestalt kam den Damm herauf, langsam, mit gesenktem Kopf und so, als ob sie etwas suchte.

Eine junge Frau, gewiss eine Schiffersfrau, sie war es wohl auch, die gesungen hatte.

Sie ging stromaufwärts, kam an meinem Weidengebüsch vorbei und sah mich nicht.

Sie war ein Schatten, ein Gebilde dieser Stromnacht, die so tief vom Erlebnis erfüllt war.

Der Schatten strich vorüber und verschwand.

Auch die Zeit strich vorüber, ich hörte sie summen und sausen, und der Rhein glänzte aus der Tiefe herauf. Es war eine große Stunde in der Landschaft, die Pappeln wehten im aufkommenden Wind.

Als ich die Hütte betrat, sah ich die Frau im Inneren am offenen Fenster stehen und hinausschauen.

Sie erschrak nicht, als ich so plötzlich vor ihr stand; nein, sie wendete sich nur langsam in das Dunkel der Hütte zurück und schaute mich an, als ob sie mich erwartet hätte. Ich zündete die Kerze an, und nun wurde es dämmrig hell um uns. Da war mir, ich müsste die Frau schon einmal gesehen haben. Sie hatte dunkle Augen und beinahe schwarzes Haar, ein rundes Gesicht und einen üppigen Mund.

„Du hast auf dem Schiff gesungen", sagte ich.

„Ja, ich habe gesungen, möglich, dass ich gesungen habe."

„Ich muss dir schon einmal begegnet sein."

„Das gleiche könnte ich zu dir sagen. Lass mich jetzt gehen."

„Warum willst du gehen?"

„Weil hier ein anderer ist. Ich schlafe manchmal, wenn wir hier ankern, in der Hütte."

„Ich will dir nicht im Wege stehen, nein, ich will die Hütte verlassen, ich kann die Nacht im Walde verbringen, es ist warm und die Nacht ist schön am Strom. Warum schläfst du in der Hütte und nicht auf dem Schiff?"

„Weil ich hier in der Nähe geboren bin."

„Da könntest du doch auch nach Hause gehen."

„Ein Zuhause habe ich hier nicht mehr; darum schlafe ich manchmal in der Hütte und bilde mir ein, ich bin daheim."

„Und dein Mann ist Rheinschiffer?"

„Ich habe keinen Mann, ich bin auf dem Schiff in Dienst. Ein Partikulier, er stammt vom Niederrhein ..."

„Wie heißt euer Schiff?"

„Magdalena. Wir haben Rundholz für ein westfälisches Zellulosewerk. Wir löschen in Ruhrort und gehen dann mit Kops zu Berg. Man hat viel Zeit zum Denken auf den Bergfahrten."

„Wo sind deine Eltern?"

„Tot."

Sie reckte den Körper, als ob sie wachsen wollte.

„Ach Gott, zu wem rede ich das? Zu einem Fremden oder zu einem, der mich an schwere Zeiten erinnert? Es ist wie ein Rätsel."

„Ja, durch jedes Menschen Leben geht ein Rätsel. Es wandert mit uns bis ans Ende."

„Und darüber hinaus."

Sie ging zum Tisch und stützte dort, aufrecht stehenbleibend, den Körper auf, indem sie die Tischplatte nur mit den Fingerspitzen berührte.

So stand sie mit gesenktem Kopf, ich aber sah, vom gelben Kerzenlicht mit einem Mal funkelnd beleuchtet, ein Amulett, das sie an einer Kette um den Hals trug.

„Du trägst hier einen alten Schmuck", sagte ich und kam auf sie zu, um den Gegenstand mir näher anzuschauen.

„Das ist nichts", sagte sie und spielte mit der Kette. Das Schmuckstück war ein münzenähnliches Amulett aus mattem Gold, auf der Vorderseite war das russische Georgskreuz, um dieses Kreuz herum stand, nur noch undeutlich erkennbar, ein russischer Spruch.

„Woher stammt dieses Amulett?"

„Du scheinst mir voller Neugierde, aber man möchte dir alles erzählen. Wer bist du und warum treibst du dich hier in den verlassenen Rheinwäldern herum? Du siehst jemand ähnlich."

„Ich muss manchmal allein sein, um mir Klarheiten zu schaffen, um nicht irre zu werden an der wunderlichen Ordnung der Dinge. Ich weiß nicht, ob du das verstehst."

„Ich glaube, ja."

„Man hat Erlebnisse und Begegnungen, wenn man allein ist. Die Erkenntnis ist nicht im Lärm zu finden."

„Aber Lärm regiert die Welt."

„Schreibst du Bücher? Du redest mir so daher."

Ich war betroffen, weil sie das plötzlich sagte und mich dabei anlächelte.

„Vielleicht."

„Suchst du jemand?"

„Ich suche viele. Sieh mal, ich habe einen Freund in Brasilien, der kam 1923 nach Deutschland und brachte noch einen Pfälzer aus Brasilien mit. Seine Vorfahren sind ausgewandert, damals in jener verwilderten Zeit, als dieses Land hier Departement die Mont Tonnère hieß, gegen Ende des 18. Jahrhunderts, du wirst das noch wissen?"

„O doch, ich weiß es genau."

„Du weißt es genau?!"

„Ja, frage mich nicht danach. Erzähle weiter."

„Damals sind Tausende von Pfälzern ausgewandert, viele haben auch unter fremden Fahnen gefochten und geblutet in allen Ländern der Welt. Die Urahnen meines Freundes Klaus Ringeis ..."

„Klaus Ringeis sagst du?!" Sie erschrak vor dem Namen.

„Ja, Klaus Ringeis. Seine Urahnen sind nach Südamerika ausgewandert und dort zu Farmern geworden. Sie haben es zu ansehnlichen Kaffee- und Baumwollplantagen gebracht. Die Nachkommen, drüben geboren, haben ein schönes Erbe angetreten. Einer von ihnen wollte in seine Heimat ewig rätselhaft, er hatte diese Heimat nie gesehen, er wusste nur, dass sie zertreten war und voller Not, er hatte keine Vorstellung von den Wäldern und den Bergen, von den Weinbergen und vom Rhein, es trieb ihn, nach Hause zu gehen. Nach mehr als hundert Jahren wurde etwas wach in seinem Blut, und das rief ihn."

Die Frau hatte sich gesetzt, stützte die Ellbogen auf den Tisch und barg den Kopf in den gewölbten Händen.

„Sie sagen aber doch, dass alle, die von drüben kommen, wieder übers Wasser zurückgehen und nicht in der Heimat bleiben."

„Nicht weil sie fremd geworden ist, sondern weil sie aus ihrer schlafenden Liebe heraus ein ungeheures Maß von Heimat um sich her aufgerichtet haben. Denn glaube mir, keiner kann sich seine Herkunft aus dem Herzen reißen."

„Du magst Recht haben."

„Genug, er kam über das große Wasser an den Strom zurück, den seine Ahnen vor Menschenaltern verlassen hatten. Er befasste sich mit dem Gedanken, seinen fremden Besitz zu verkaufen, um hier in der Pfalz eine moderne Bodenkultur zu betreiben. Gemeinsam mit einem gewissen Bastian Berghaus, wollte er Versuche machen mit Obstplantagen und Seidenraupenzucht, wie es ihn überhaupt drängte, durch seiner Hände Arbeit dem gedemütigten Land Segen zu bringen. Es war aber das Jahr 1923 mit dem Separatistenabenteuer. In dieser schwarzen Zeit zerstörte der Verrat seinen Glauben an die Heimat, er ging über das Wasser zurück nach Südamerika, innerlich zerbrochen und verwundet, weil

Menschen auf geschändeter Erde selber schändlich waren, weil sie die Ohnmacht des unseligen Landstrichs benützt hatten, um dieses Land, aus dem sie selbst die Nahrung ihres Daseins zogen, zu verkaufen und zu verschachern."

Da sprach die Frau, einfach und doch prophetisch fast, und so, als ob ein Wissender durch sie hindurch und aus ihr heraus sich offenbarte, da sprach diese schöne dunkle Frau, die wie ein nächtlicher Vogel in meine stille Stunde gekommen war, diesen bedeutungsvollen Satz: „Du sprichst, als ob du mir dein und mein Schicksal und das des ganzen Landes erzähltest."

Ich fand keine Antwort, ich schaute sie an, unsere Blicke begegneten sich, wir waren uns unheimlich nahe, ich senkte dann die Augen, wie um ihr recht zu geben mit einer stummen Gebärde. Und in diesem Augenblick erkannte ich sie.

Es ging wie ein Rauschen durch den nächtlichen Hüttenraum, draußen rief ein Vogel, und dann hörte ich den Wind in den hohen Pappeln.

„Nun will ich gehen", sagte ich, „es ist spät in der Nacht und du musst schlafen."

„Ich schlafe nicht, es ist zu viel wach geworden in mir. Es ist kaum zu begreifen, dass du hier vor mir stehst. Manchmal kommt ein Mensch, er ist so stark, dass er alle Türen öffnet."

Wieder spielte sie mit unruhigen Händen an dem alten Goldschmuck, dann nahm sie, immer noch im nachdenklichen Spiel, die Kette zwischen die Lippen, und jetzt waren ihre Augen groß und weit geöffnet, als sie sagte: „Ich möchte dir wohl aus meinem Leben erzählen, das alles reicht aber weit zurück. Und was ich weiß, das hat mir ein alter Fischer erzählt, der noch lebt wie ein letztes Überbleibsel aus jener Zeit, er ist über hundert Jahre alt und wohnt in einem Altersheim in Speyer. Und was ich ferner weiß, das steht in einer alten Chronik, die ein Fischer hier in der Nähe besitzt, sie reicht bis in die Zeit Napoleons zurück. Den Rest haben wir beide selbst erlebt."

„Und woher kennst du die Ballade vom Mann mit dem kleinen Hut?"

„Von meinem Urgroßvater. Ich will dir davon erzählen."

„Erzähle mir, ich will mich ans offene Fenster setzen, so, dass ich den Rhein fühle, der vorüberwandert. Vielleicht wird das, was du mir zu sagen hast, nichts anderes sein als eine Ballade, gesungen am Strom, in einer Nacht, in einer seltsamen Stunde, wo sich die Jahrhunderte lautlos und unsichtbar begegnen. und woher hast du dieses Amulett?"

„Mit ihm hat es eine sonderbare Bewandtnis. Ich war vor drei Jahren einige Zeit bei den Goldwäschern. Du weißt doch, dass im Rhein viel Gold liegt, die Goldwäschereien, die früher schon hier waren, sind wieder neu aufgelebt. Ich war vier Monate bei den Goldwäschern, im Rheinkies habe ich beim Waschen den goldenen Schmuck gefunden."

„Er hat im Rhein gelegen?"

„Ja, es klingt wie ein Märchen, denn dieser Talisman wird auch in meiner Geschichte eine Rolle spielen, wie durch ein Wunder ist er in meine Hände gekommen. Er

72

gehörte einem russischen Offizier von einem Kosakenkorps, das um Neujahr 1814 hier über den Rhein ging. Draußen in der Niederung soll er begraben liegen, dort steht eine große Pappel, man nennt sie die Russenpappel. Ich kann das alles nur in einfachen Worten sagen. Vielleicht, dass du es in eine größere Form bringen kannst."

„Nie habe ich so eine verwegene Nacht erlebt. Ich weiß, wo sich unsere Wege kreuzen."

„Menschen im Grenzland gehören alle zusammen."

„Und sind wie ein Schatten."

Als die junge Frau die Hütte verließ, kam mit grauem Schein der neue Tag. Wir waren beide wachen Sinnes, denn die Vergangenheit, heraufbeschworen aus verschütteten Schächten, war stärker als die Schwere der Augenlider. Sie ging allein, langsam und nachdenklich, ich blieb in der Hütte zurück, aber ich hörte am offenen Fenster stehend, die fernen Ruderschläge.

Du und ich, wir kennen diese Frau, sie ging durch unser Leben, vielleicht hat sie dich einmal geliebt. Ich will dir ihren Namen nicht nennen, du sollst ihn aus meiner Erzählung erfahren.

Es war unsagbar feierlich um mich und in mir selbst. Die Silberweisen glänzten im Morgenwind, die Pappeln waren wehende Flammen und aus den Altwässern stiegen golden und berauschend die ersten Farben des Tages.

Ich war wie auf einer unendlichen Reise begriffen; ich trieb dahin durch die Räume und Zeiten mit brausendem Gesang. Alles, was mich umgab, wurde mit mir getragen, schwamm mit mir dahin, selig und stürmisch bewegt, in einem Taumel und Wirrsal und dennoch gesteuert durch ein unbekanntes Gesetz. Und Gott war mit auf meiner Zauberfahrt, er hielt sich verborgen irgendwo hinter Gewölk und Himmelsbläue und so jagten wir dahin durch die Jahrhunderte.

Oh mein Freund, was sind Jahrhunderte für einen, den wir Gott nennen! Manchmal, wenn er Zeit findet und wir ihm ins Gedächtnis kommen, taucht er auf zwischen Geburt und Tod der Welten, und ein Wiedersehen seines Auges streift die Erde, ein Blitz im Unwetter der Gestirne.

So also stand ich am Fenster meiner Entenfängerhütte wie im Navigationsraum eines Schiffes, so also segelte ich dahin, ein rechtes Vollschiff mit allen Masten und Rahen und mit glücklichem Wind in meinen Segeln.

Als die ungeheure Blüte der Sonne aufbrach, verließ ich die Hütte und ging hinüber zum Strom, der maßlos übergossen war von Licht und wachsender Helle und voll Unruhe vorüberstürmte.

Das nächtliche Schiff war fort.

Ich setzte mich ans Ufer und sann. Was mich umgab, sann mit mir und wurde nachdenklich gestimmt.

Und so kam es, dass ich beschloss, den vergangenen Ereignissen nachzugehen, dass es mich drängte, die verwachsenen und verschütteten Pfade meines eigenen Lebens und auch die Lebenspfade anderer Menschen zurückzugehen, um mir aus dem, was gewesen, eine Erkenntnis zu holen, die mich milde und demütig stimmen sollte.

Die Demut allein ist es, die uns aufrichtet und zu reinen Menschen macht.

Du bist ein Strommensch, ich aber bin ein Wäldermensch.

Deine Vorfahren sind gewandert, es trieb sie in die Ferne, über die Meere, durch die Urwälder und Steppen.

Menschen, die dem Strom gehören.

Du gehörst dem Strom.

Meine Vorfahren lebten in Wäldern, sie verließen nicht die Kargheit ihres Bodens, die Not ließ sie noch tiefere Wurzeln schlagen. Die Wälder der Heimat, unzählige Male freventlich geschändet, waren Bestandteil ihres Lebens, Menschen, die den Wäldern gehören.

Ich gehöre den Wäldern.

Ich rufe dich zur Heimkehr und Umkehr.

Der Reklamedichter

Ich muss schon sagen, es gefällt mir in Schwetzingen. Ein hübsches altes Gasthaus, gleich in der Nähe des berühmten Schwetzinger Schlosses. Solche Gasthäuser liebe ich, kleine Räume mit niederen Decken, Stahltische, ein alter Hof, wo Frauen Spargel schälen.

Man kriegt hier berühmte Spargel, dazu Schinken und Eierkuchen. Verteufelte Schlemmerei! Die Spargel sind alle gut, es gibt keine bitteren und auch keine solchen, die unten hart und faserig sind wie gekochte Bambusstangen.

Es sind noch mehr Menschen hier im Gasthof; alle essen Spargel, Schinken und Eierkuchen. Es ist ein stilles, behagliches Übereinkommen.

Auch ist es hier geradezu feierlich still, wie in einer Kirche, es herrscht eine gewisse Spargelandacht.

Da ein Mann im Gummimantel und mit einer Aktentasche, der jetzt etwas geräuschvoll und beinahe spargelfeindlich hereinkommt, von allen Spargelessern unmutig beobachtet wird.

„Ist es erlaubt?" Schon sitzt er bei mir am Tisch.

Er fällt sofort unangenehm auf, denn er bestellt keinen Spargel, er zerstört die Stimmung des Raumes, zerschneidet die Spargelatmosphäre, benimmt sich in keiner Weise bodenständig.

„Spiegeleier, bitte; ich esse keinen Spargel, man wird nierenkrank."

Dieses Gelächter, das jetzt spontan aus den Kehlen aller Spargelfreunde kommt. Hat man sowas je gehört? Hohngelächter fällt über den Spargelgegner her.

„Ich komme weit in der Welt herum", spricht der Mann mit prahlerischer Stimme zu mir. „Nur Zufall, dass ich in Schwetzingen bin. Mich interessiert hier der Knoblauch."

„Was interessiert sie hier?"

„Der wilde Knoblauch, Sie werden wissen, was Knoblauch ist."

„Gibt es hier einen besonderen Knoblauch?"

„Das nicht, aber der Knoblauch wächst hier in beträchtlichen Mengen, nämlich in dem berühmtesten Schlosspark, den Sie gewiss besichtigt haben."

„Noch nicht, ich wollte zuerst mich der Spargel vergewissern."

„Einerlei, die meisten Menschen wissen gar nicht, wie gesund allein schon die Knoblauchluft ist. Dieses Knollengewächs steht zur Zeit in Blüte und strömt einen betörenden Duft aus. Solche Knoblauchluft wirkt ungemein günstig auf den Organismus ein. Mit einem Wort, die Menschen sollten Knoblauchluftkuren machen. Mir schwebt ein Knoblauchsanatorium ..."

„Sie sind verdreht, mit Verlaub zu sagen."

„Keineswegs. Ich hätte nicht nötig, mich mit solchen Problemen zu beschäftigen, durchaus nicht, mein Beruf tangiert den Knoblauch nur flüchtig. Aber das Knoblauchproblem liegt augenblicklich in der Luft, es ist hochmodern. Wer eine Nase für solche Dinge hat, riecht sie; eine gewisse Knoblauchwitterung ist fraglos vorhanden."

Der Mann tut furchtbar geschwollen, er scheint mir ein Schwätzer zu sein, was will er mit seinem Knoblauch?

Außerdem ist er recht merkwürdig gekleidet. Wer, so frage ich, trägt heute noch einen Lavelierschlips, eine solche Schmetterlingsbinde, die den Schmierenkomödianten früher äußerlich kennzeichnete? Dazu eine verschabte Samtjacke, die unter dem Gummimantel antiquiert hervorglänzte. Kein Zweifel, der Mann spielt sich auf, er will ein Besonderer sein unter vielen, ein fauler Zauberer, der mit Tiraden um sich wirft und ohne ernsthaften Hintergrund ist.

Er verzehrt seine Spiegeleier mit einer großen Hast, gefräßig fast und keinesfalls in dem hier üblichen geruhsamen Spargeltempo.

„Man wälzt fortgesetzt Probleme" fährt er kauend fort, „mein Unglück ist, dass mir zu viel einfällt. Ich bin dauernd auf der Suche nach unternehmungslustigen Menschen. Ich bitte Sie, was geht mich im Grund der Knoblauch an? Auf Ihr Wohl, mein Herr. Einen Augenblick bitte."

Ganz plötzlich erhebt er sich vom Stuhl und geht auf einen Herrn zu, der beim Büfett erscheint. Aha, das ist der Wirt, der freundliche Besitzer dieses lukullischen Spargelinstituts, der Herrscher über viele Zentner Stangengewächse. Die beiden sprechen zusammen, mein Tischnachbar redet auf den Wirt ein, fuchtelt mit den Händen und macht Bewegungen wie ein miserabler Komödiant. Dem Wirt selbst scheint die Unterhaltung peinlich, er wehrt sich gegen das Geschwätz wie gegen eine Brummerfliege und zuletzt gehen sie durch die Tür hinaus ins Freie.

Der Schwätzer fängt an, mich zu interessieren, seine aufdringliche Geschäftigkeit erweckt Neugierde, man möchte ihn näher kennenlernen.

Der Mann im Gummimantel kommt an meinen Tisch zurück, sein Mienenspiel zeigt Zufriedenheit. Er presst das Kinn nach unten und hüstelt.

„Sie interessieren mich, mein Herr", sagt er, „doch keine Phrasen und kein Gerede, Sie sind mein Mann, Ehrenwort. Vielleicht fassen Sie es nicht falsch auf, wenn ich Sie zu einer Tasse Mokka einlade."

Ich verlasse mit dem Schwadroner das Lokal, mir ist aufgefallen, dass er nicht bezahlt hat. Nein, er geht wie ein Fürst, hocherhobenen Hauptes, den breitrandigen Hut schwenkt er mit weit ausholenden Armbewegungen.

Vor der Tür halte ich ihn am Gummimantel fest, nun muss ich endlich wissen, unter welcher Flagge der sonderbare Kerl segelt.

„Auf ein Wort, wer sind Sie eigentlich, nehmen Sie die Frage nicht aufdringlich, man interessiert sich, mit wem man zum Mokka geht."

„Ich bin Dichter", sagt der Mann.

„Dichter sind Sie? Habe ich recht gehört, haben Sie am Ende Tischler gesagt, und ich habe es nur falsch verstanden?"

„Ihnen ist gewiss noch nie ein Dichter begegnet? Bitte lesen Sie hier nur diese beiden Zeilen, wobei ich ausdrücklich betone, dass ich im Grunde nicht nötig hätte, sie an die Wand zu malen.

Der Dichter lenkt mein Augenmerk auf eine Beschriftung, die weiß auf der blanken Glasscheibe steht.

Esst ihr Spargeln, allerbeste,

Wird das Leben euch zum Feste!

Klarheit kommt über mich, ein Licht geht mir auf, nun ich den Zweizeiler lese.

„Ach so!", sage ich und muss ein wenig lächeln. „Sie ziehen umher und machen Reklameverse?"

„Ich ziehe umher?!", poltert er entrüstet los. „Wie meinen Sie das? Umherziehen, haben Sie gesagt. Ich ziehe nicht umher, es macht mir Spaß, verstehen Sie mich recht, ich folgte einer augenblicklichen Laune, als ich den Zweizeiler an die Scheibe malte."

„Aber Sie essen gar keine Spargeln, Sie behaupten, man wird nierenkrank. Sie essen gebratene Eier, gewöhnliche Produkte, dem Hühnerdarm entschlüpft."

„Das hat mit der Drehung nicht zu tun."

„Wirklich ganz großartig! Sie haben hier zu Mittag gespeist und als Bezahlung einen Vers ans Haus gemalt."

„Was nennen Sie zu Mittag gespeist? Ich hätte ein gebratenes Huhn und eine Flasche Pfälzer Wein verzehren und bezahlen können; aber mein Sinn stand nach Eiern. Kommen Sie!"

Wir gehen in eine Konditorei, schon hat er zwei Mokkafilter mit Kirsch bestellt.

„Mein Name ist Hans Hiedewohl!", sage ich, um gegen die allgemeinen Gesellschaftssitten nicht zu verstoßen.

„Ich heiße Alex Grauvogel, Sie werden vielleicht schon von mir gehört haben."

„Nicht, dass ich mich erinnern könnte, bedaure wirklich."

„Dann tappen Sie neben der Zeit her. Der Alex-Vers erobert sich die Welt."

80

„Der Alex-Vers? Ist das gewissermaßen ein Warenzeichen für Ihre Lyrik?"

„Jawohl, der Alex-Vers. Kein Geschäft ohne Alex-Vers. Sie dürfen mir glauben, der Alex-Vers bringt das leidige Geld ins Rollen, er kurbelt an. Der Alex-Vers entwickelt sich zum wirtschaftlichen Faktor, ich will nicht prahlen, nein, nein, gar nicht meine Art. Zack, zack!"

Zack, zack, sagt er, haut mit den Fingerknöcheln auf die Tischplatte, stülpt den Kirsch hinunter und wischt sich mit der flachen Hand über den Mund.

„Ich werde heute schon in der ganzen Welt kopiert. Man stiehlt meine Methode nach Strich und Faden, man wittert das Geschäft. Was ich sagen wollte, es wäre mir ein Leichtes, Bücher zu schreiben, Romane und anderen Lesestoff, Bände könnte ich füllen mit spannender Lektüre, wenn ich diese Art geistiger Betätigung nicht gründlich verlachte, ha ha ha, wenn ich ... einen Augenblick mal."

Mit einem Ruck springt er vom Tisch auf und eilt beflügelten Schrittes auf einen unbescholtenen Mann zu, der in Konditorjacke und hoher weißer Mütze hinter dem Ladentisch erscheint.

Es entwickelt sich ein eifriges Gespräch, Herr Grauvogel redet mit Macht auf den Konditor ein, aber der Tortenkönig schüttelt bedauernd den Kopf, offenbar hat er für Grauvogels gewaltige Pläne kein Verständnis. Jetzt lässt er ihn gar stehen und verschwindet in Richtung Backstube.

„Nur eine kleine private Sache", sagt Alex und schlürft den letzten Kaffeerest hinunter. „Mir fällt ein, in welcher Richtung fahren Sie eigentlich mit Ihrer Stinkbombe?"

„Ich fahre Richtung Rheindamm, Speyer, Karlsruhe, badische Seite."

„Famos, da könnten Sie mich mitnehmen. Nur bis zur übernächsten Ortschaft."

„Gerne, Herr Grauvogel, nur, mein Beiwagen ist angefüllt mit Büchern und Gepäck, mit Radio und Klepperzelt."

„Macht nichts, ich fahre Sozius. Fräulein, zahlen."

Er kramt in seinen Taschen, bringt zwei Zehnpfennigstücke hervor, wühlt innen und außen, in Samtjacke und Gummimantel.

„Nur noch wenig Kleingeld; muss wieder mal ein Schein daran glauben, oder vielleicht legen Sie rasch die Kleinigkeit aus, wir machen das dann nachher richtig. Das leidige Kleingeld."

Ich zahle zwei Mokkafilter und zwei Kirsch, dann verlassen wir die Konditorei.

Draußen zieht Alex einen alten Lappen aus einer Tasche des Gummimantels und schickt sich an, einen Vers von der Scheibe der Konditorei zu wischen.

Ich habe gerade noch Zeit, zu lesen:

      Seine Sorgen rasch vergisst

      Wer Gebäck und Kuchen isst!

Lumpige zehn Mark hat mir der Mann geboten für den Vers. Was der sich einbildet, ich komme doch weiß Gott nicht auf einer Wassersuppe daher geschwommen."

Spuckt auf den Lappen und löscht den dichterischen Erguss von der Fensterscheibe. Presst das Kinn nach unten und lächelt. Dann fahren wir davon.

Wunderliches Krankenhaus

Es war dunkel um mich, ich wanderte immer weiter, als plötzlich aus der Schwärze der Nacht eine Gestalt auf mich zutrat.

„Kommen Sie!", sprach die Stimme im Nebel und zog mich in den Schatten, der nun zu einem großen Haus wurde. Jetzt erst konnte ich die Person an meiner Seite erkennen. Ein Arzt im weißen Operationskittel, mit Messer und Bohrern und einer Injektionsspritze bewaffnet.

„Wissen Sie eigentlich, wo Sie sind?"

„Nein, mein Herr! In der Tat, nein!"

„In einem Krankenhaus."

„In einem Kra ...?!"

„Nicht im landläufigen Sinne. Nein, durchaus nicht im landläufigen Sinne."

Ich war sprachlos und folgte ohne Willen und Verständnis. Was wollte er von mir?

„Viel Zeit habe ich nicht, mein Herr, und Sie können nicht verlangen, dass ich Ihnen alle meine Patienten zeige - wir haben deren, erschrecken Sie nicht, Hunderttausende - ich will nur an einzelnen Beispielen zeigen, welches Unheil Sie und Ihre Kollegen anzurichten imstande sind."

„Ich verstehe kein Wort", stotterte ich und kam nun in einen düsteren Saal, wo alle Vorhänge geschlossen waren und ich die Dinge nur undeutlich schattenhaft erkannte.

Überall standen Krankenbetten, an deren Kopfenden Schildchen angebracht waren, wie dies in Spitälern so üblich ist.

„Sie sind hier in der Romanabteilung", sprach der Arzt und trat zu einem Bett, in dem weiß und reglos eine Frau lag, die eine schwarze Binde über den Augen trug und jämmerlich weinte.

„Frau Asta", erklärte der Arzt und schaute mich an, „Frau Asta aus einem Zeitungsroman, 174. Fortsetzung."

„Ich begreife nicht ...!"

„Bitte lesen Sie doch die Tafel!". Er wurde ärgerlich erregt. Ich las die Tafel am Kopfende des Bettes. Dort stand: „Frau Asta saß im Garten, Sie war starr und unbeweglich und hatte ihre Augen in den Sand gebohrt."
Mir kam dumpf dämmernde Ahnung. Langsam fing ich an, zu begreifen. Ich war hier im seltsamsten aller Krankenhäuser.

„So haben wir die Arme gefunden", fuhr der Mann im weißen Kittel fort. „Im Garten saß sie ohne Augen. Frau Asta hatte sie tief in den Sand gebohrt. Wir mussten sie herausbuddeln. Hier auf dem Regal stehen sie in Spiritus. Die Frau ist unrettbar blind. Augenkranke haben wir übrigens eine große Anzahl. Da liegt drüben ein Gutsbesitzer, dessen Augen sind stahlhart. ich sage Ihnen, wenn Sie mit dem Hammer draufschlagen, klingt es, wie von einem Amboss. Nebenan noch eine unglückliche Dame. Ihre Augen sind auf die Suche gegangen nach dem Geliebten und haben sich dabei verlaufen. Wer weiß, ob sie jemals zurückfinden. Wir haben in der Zeitung schon mehrmals inseriert. Einem

Studenten in Abteilung K stach ein junges Mädel ins Auge. Gott sei Dank nur in das linke. Doch weiter, die Zeit drängt, auf mich warten zweitausend neue Patienten aus einem Romanwettbewerb."

Im nächsten Bett lag noch ein junger Mann. Der Arzt nahm die Decke fort und deutete nach den Beinen, die unten wie dickes knorriges Astwerk aussahen.

„Aus einer kleinen Kalendergeschichte. Bitte, lesen Sie!"

Auf dem Schild stand: „Als der junge Offizier Evmarie erblickte, blieb er festgewurzelt stehen."

„Ja, ja", lächelte der Arzt boshaft, „wir hatten große Mühe ihn auszugraben. Ich will sehen, dass ich ihm die Wurzeln amputieren kann. Ein anderer drüben in Abteilung D war sogar festgeschmiedet. Wir haben ihn mit Schweißapparaten lösen müssen."

Er drängte, etwas nervös geworden, weiter. Die Zahl der Betten wuchs ins Phantastische.

Eine Frau lag apathisch auf dem Rücken. Von ihrem Mund strömte eine unheimliche Hitze aus. Daneben ein Mann mit einem verbundenen Gesicht. Beide hatten eine gemeinsame Tafel mit der Aufschrift: „Er küsste Ihre glühenden Lippen."

„Nun hat er sich den Mund verbrannt!", ulkte der Arzt. „Aber in vierzehn Tagen wird er entlassen. Was ich mit den glühenden Lippen beginne, ist mir noch nicht klar. Wir haben schon allerlei Versuche gemacht, leider ohne Erfolg. Die Temperaturerhöhung überhaupt soll der Teufel holen. Im Zimmer 17 drüben sind lauter Temperaturkranke. Das sind Menschen, die ‚innerlich glühen', die ‚Fackeln ihres Verstandes' leuchten, jemand

fanden wir auf dem ‚Scheiterhaufen seiner Hoffnungen',
und eine junge Dame gar scheint mir vollkommen
hoffnungslos, sie ‚schmolz in Wonne'.

„Das ist ja entsetzlich, Herr Doktor!", sprach ich
betreten angstvoll, während wir durch einen langen
Gang nach einem anderen Saal schritten.

„Das ist freilich entsetzlich. Sie glauben nicht, wie viel
Elend hinter diesen Wänden verborgen ist. Wir haben
eine eigene Abteilung für Herzkranke. Eine Frau, der das
Elend der Armen tief ins Herz schnitt. Einen jungen
Edelmann, der in seinem Herzen eine klaffende Wunde
gekränkten Stolzes trägt. Zur Zeit besitze ich allein rund
640 Patienten, denen das Herz stehen blieb. Unendliche
Mühe, diese 640 Herzen wieder in Gang zu setzen.
Doch meine Zeit ist leider um. Ich will Ihnen hier noch
ein wahres Phänomen zeigen. Wir kamen in ein
verdunkeltes Zimmer und traten an das Bett eines
Patienten. Von seinem Kopf sprangen fortwährend
Tausende von bläulich glänzenden Feuern aus.

„Was fehlt ihm?", fragte ich beklommen.

„Er stammt aus einem Erfinderroman. Sein Gesicht
sprüht Funken. Schon wieder ein Temperaturkranker.
Schauen Sie nur her, wie das zischt. Es ist ein lebendiges
Brillantfeuerwerk. Wir benutzen ihn oft nachts als
Beleuchtungskörper."

Er drängte mich weiter, und plötzlich standen wir in
einem kleinen, hellen Zimmer. In einem Bett saß
aufrecht ein Mann - richtig doch! - ein Mann ohne
Kopf. Diesen nämlich hielt er in den Händen und führte
damit eine Art seltsam grausigen Ballspiels aus, indem er

ihn geschickt von einer Hand in die andere warf. Ich war entsetzt und schaute den Arzt an. Da wuchs dieser an meiner Seite zu riesenhaft dämonischer Größe.

„Kennen Sie den hier?", sprach der Arzt mit gehobener Stimme.

„Ich ... wüsste nicht, ich kann mich ... wirklich nicht ...!"

„Bitte lesen!"

Ich las: „Robert Berger ist ohne Fassung. Aufgeregt wirft er seinen Kopf hin und her."

Grässliche Ungewissheit plagte mich. Wo hatte ich das gelesen? Ich grübelte. Von wem waren diese Sätze? Mir wollte übel werden. Richtig! Sie waren von mir selbst. Dort saß eines meiner Opfer, eine Figur aus meinem neuesten Roman. Dort saß Robert Berger. Ohne Kopf. Warf ihn hin und her. Grauenvoller Anblick. Ich wollte etwas Sinnloses sagen, da setzte der Kranke plötzlich seinen Kopf mit einem schmerzhaften Ruck auf den Hals, kam mit einem katzenhaften Sprung aus dem Bett und hing auch schon würgend an meinem Hals.

„Richte ihn!", hörte ich die Stimme des Arztes.

Dann schlug es schwarz über mir zusammen und ich vernahm nur noch mein eigenes Röcheln. Ich wurde dann natürlich wach. Und machte mich sofort daran, auf den Schlachtfeldern des Geschriebenen nach Verwundeten und Verstümmelten zu suchen. Ich fand welche. Man wird immer wieder welche finden. Ich brenne nur so, sie aufzustöbern. Ich brenne nur so??!! Habe ich da nicht selbst schon wieder ...?!

Ich brenne nur so?! Bitte ein Feuerlöschgerät und den Krankenwagen.

Der Bauerngraf

Wenn man von dem Dorf Münchweiler an der Rodalb aus in nordwestlicher Richtung eine steile Anhöhe hochsteigt - ich glaube, sie heißt Sonnen-Koppe - dann erreicht man oben eine Lichtung, wo ein Gewirr verwitterter Felsblöcke aus der Erde gewachsen ist, und noch einzelne uralte Eichen stehen. Auf einem jener Felsen verweilend, kann man die Ruine der Burg Gräfenstein erblicken, die mit erloschenen Augen auf einer baumbestandenen Höhe steht und von der flutenden Verlassenheit der Bergwälder schwärmerisch umlagert ist.

Dies ist ein Stück Land, das mich manchmal ruft, weil es meine Heimat ist. Einmal ging ich über die Höhe, wo die Eichen stehen, lagerte mich auf dem Felsen und schaute hinüber nach dem alten Gemäuer, nach diesem stummen Rest einer verwegenen Zeit, die glanzvoll verrauscht ist. Da trieb es mich, die Burg aufzusuchen. Ich ging, wie von fremder Hand geführt, zwischen den Buchenstämmen hindurch, ja, mir war, als würde etwas Unerhörtes auf mich warten und ich dürfe nicht zögern, den toten Schauplatz des Mittelalters aufzusuchen.

Zuletzt stieg ich eine kleine Anhöhe empor und kam sogleich in das Mauerwerk der Burg. Ruinen sind wie Gräber und durch ihre Zerfallenheit streicht der Odem des Todes. Man wird still und ernst wie auf Friedhöfen; mitten im rauschenden Leben stehend, fühlt man den Hauch der Vergänglichkeit; ja, es ist, als würde die Versonnenheit unserer Seele, sonst schlafend, mit einem Mal unter grenzenlosem Verwundern die Augen öffnen und Umschau halten auf einem Schauplatz, der unsichtbar belebt und bevölkert wird von den Geschehnissen einer Zeit, die schon jenseits steht, deren schattenhafter Glanz aber plötzlich gespenstisch zu uns herüberreicht.

Mit zögernden Schritten durch die öden Hallen streifend, über eine zerfallene Treppe mich hochmühend, kam ich tief ins Innere der Mauerwildnis und hatte allsogleich eine merkwürdige Begegnung, die zu erzählen ich nicht unterlassen kann, aus dem Grunde schon, weil sie wieder einen Beweis darstellt für den alten Satz, dass unser Leben von Dingen umgeben ist, die wir nicht begreifen; dass wir, uns selbst nicht erkennend, auch unserer Umwelt ratlos gegenüberstehen, mithin Rätsel unter Rätseln sind.

In der Lichtung eines der hohen Bogenfenster nämlich sah ich einen Mann sitzen, der beim ersten Anblick schon mir so uralt, ja fast mumienhaft erschien, dass ich vor ihm erschrak und nur zögernd nähertrat, um ihn staunend zu begrüßen. Vorerst unbeweglich verharrend, erwiderte er meinen Gruß nicht, wandte sich mir aber dann doch langsam zu und musterte mich mit prüfendem Misstrauen, mit forschender Grübelsucht und so, als fürchte er irgendwie Verrat oder Erkenntnis; als könnten sich hier Dinge enthüllen, die zu verschweigen und verborgen zu halten, ihm besonders am Herzen lag.

So etwa sah der Mann aus: In das Gewand eines Bauern gehüllt, schäbig und unscheinbar im Äußeren, verwittert fast von Regen und Unbill der Jahreszeiten, war sein

Antlitz, faltendurchfurcht und verwelkt, von einer tiefen Strenge gebildet, zeigte den müden Rest eines ehedem stolzen, ja herrischen Profils und war von Augen flackernd belebt, die, wenn auch klein und in die Rundung der Höhlen verkrochen, so doch einen lebendig unruhigen Glanz ausstrahlten und nun beobachtend, suchend, spürend, ich muss sagen: angestrengt wie unter der Waffe eines Mikroskops, auf mir ruhten.

„Wer sind Sie?", sprach der Alte langsam und mit langem Ton, als habe er ein Recht, über mich zu verfügen. Mit der rechten Hand, die, wie ich nunmehr sah, durchaus nicht die Hand eines Bauern war, fuhr er durch das trostlose Überbleibsel seiner Haare, die wehend dünn und von jener gelblich matten Farbe waren, wie dünnes Waldgras, wenn es lange die trockene Last der Hitze getragen hat.

Als der Alte erfuhr, dass ich ein Schriftteller sei, ein Mensch also, suchend und zweifelnd, außerhalb der gut bürgerlichen Gesellschaftsordnung stehend, ja, von eben dieser Gesellschaftsordnung im geheimen als Tagedieb und Schlendriansteufel betrachtet und in keiner Weise für voll und achtbar genommen, ich will sagen: als er von meiner etwas absonderlichen Herkunft und Bestallung hörte, schien eine Verwandlung in ihm vorzugehen. Sein Wesen bekam etwas eifrig Beschwingtes, die Starre seines ausgemergelten Körpers wurde lebhaft durchpulst, und ich sah diesen Menschen vordem müde und träumerisch in sich versunken, nun plötzlich entschlusskräftig in seiner Umwelt stehen, die er vorübergehend vergessen zu haben schien.

„Ich habe Sie gesucht", sagte er, „denn ich muss Ihnen etwas erzählen, Sie sind der Mensch, dem ich erzählen darf."

„Warum meinen Sie das?"

„Ich habe Ihnen bis auf den Grund geschaut. Hören Sie mir zu! Es wird Ihnen vielleicht einmal möglich sein, meine Geschichte, einfach und nüchtern, wie ich sie erzähle, in das Gewand eines bescheidenen dichterischen Kunstwerks zu kleiden, sie zu schmücken mit dem krausen Rankwerk Ihrer Phantasie und so eine Schrift von artiger Schönheit und Spannung hervorzubringen."

„Sie glauben, ich könnte darüber etwa einen Roman schreiben?"

„Wenn Sie es so nennen wollen, gewisslich. Es ist lange her, dass sich meine Geschichte zugetragen hat. Sie ist kurz erzählt. Fürchten Sie nicht meine Langatmigkeit!"

„Sie haben mich gerufen", sagte ich plötzlich unvermittelt und weckte sein Erstaunen.

„Ich habe Sie gerufen?" Er fuhr sich über die Augen, hielt die Hand eine Weile vor die Stirn, wie um über etwas nachzudenken."

„Möglich, dass ich ... Sie ... gerufen ... habe."

„Ich verweilte drüben auf der Anhöhe. Dort, wo die alten Eichen stehen. Vielleicht kennen Sie den Platz. Erzählen Sie!"

„Ich weiß nicht, ob Sie in der Geschichte bewandert sind, nehme aber an, dass Ihnen bekannt ist, dass diese Burg hier ein Opfer des Bauernaufstandes von 1521 wurde. Um diese Zeit lebte hier ein Graf von Gravichenstein. Zwecklos und nicht von Bedeutung, Ihnen diesen rechten und schlechten Ritter näher zu schildern, schon darum, weil ich Ihnen nur die nackten Tatsachen berichten und mich nicht in Langweilerei verstricken will, eine Gefahr, die solchen Rittergeschichten oftmals anhaften mag. Genug, dieser Graf, der wenig Gutes und reichlich Unrecht tat, in allem also ein Mensch war, dieser Graf hatte nur einen einzigen Sohn, an dem er, sonst ein rauer und bärbeißiger Mann ohne Mitleid, mit einer geradezu schwärmerischen Liebe hing. Der Junker, ein hübscher, schlanker Mensch, nicht ohne männliche Anmut, in nichts aber überragend oder außerordentlich, spielte seinem Vater einen recht bedenklichen Streich. Als er einmal durch die Felder ritt, wo die Bauern mit dem Schneiden der Roggenernte beschäftigt waren, sah er mitten in einem wogenden Kornfeld ein recht hübsches Bauernkind stehen. Er hielt an, schaute betroffen nach der Dirn hinüber und wurde von ihrem Anblick seltsam gefesselt. Ohne zu wissen, warum, stieg er vom Pferd, schritt durch das Kornfeld und blieb an ihrer Seite stehen. Eine romantische Geschichte, denken Sie, wie sie in alten Büchern steht und in verschleierten Sagen uns überliefert ist. Ich bin kein Dichter, der diese einfache Sache nun mit den Blendlichtern seiner Phantasie beleuchtet, wohl aber ein alter Mann, betagter vielleicht, als Sie zu glauben vermögen, und mit der Bürde meines außergewöhnlichen Schicksals drückend belastet. Was wollte ich sagen: Der Junker verliebte sich in das Bauernmädchen und begehrte sie zur Frau, ein unsinnig Unterfangen in jener Zeit, ja, eine Ungeheuerlichkeit geradezu, wenn man weiß, wie das Verhältnis zwischen

Ritterschaft und Bauern war. Der Junker aber ließ nicht ab von ihr, denn die Liebe hatte sich wie ein Dämon festgesetzt in seinem Herzen und war daran, Unheil und Verderben zu entfachen. Der Vater verstieß ihn und der Junker stieg hinab ins Dorf, nahm sich das Weib nach seinem Herzen und wurde ein Bauer in allen Dingen, wenn auch mit dem Blut des Ritters für alle Zeiten geadelt. Er fuhr hinaus aufs Feld, arbeitete in Stall und Scheune und schlief in niederer Bauernkammer an der Seite seines Weibes. Er vergaß das Schloss und seine Herkunft, schüttelte den Glanz seiner Jugend ab und ging im Gewand des versklavten Landmannes.

Gotte hatte ihn geschaffen, damit er sein Glück in Armut und Entbehrung, aber gekrönt mit dem Stern der Liebe, fände. Er hieß fortan nur der Bauerngraf, eine Bezeichnung, die halb Spott war, halb ihm aber auch eine Art Sonderstellung einräumte und ihn über die übrigen des gemeinen Volkes emporragen ließ."

Er hielt inne und holte tief Atem, sank etwas in sich zusammen, als ob der Strom seiner Worte ihn selbst überschwemmt und hilflos gemacht hätte. Mit müder Geste schaute er über die Baumwipfel und war wie ein Mensch, der unwillig etwas bereut und in einem Netz verstrickt ist, aus dem zu entweichen er nicht mehr die Kraft und noch weniger den Willen besitzt.

„Erzählen Sie doch weiter!", bat ich eindringlich. „Es ist eine romantische Geschichte, gewisslich nicht ganz neu und, ich muss schon sagen, unserer Zeit bedenklich ferne stehend."

Er schaute mich betroffen an, und jetzt lagen seine Augen in tiefen Schächten, schienen mir furchtsam und auf banger Lauer liegend.

„Bedenklich ferne stehend, sagten Sie! Vielleicht habe ich diese Geschichte zu früh erzählt. Es kommt bald eine Zeit, die daran wieder Gefallen finden wird. Ich will warten; ich will nicht zu Ende erzählen."

Er wollte sich erheben, mühsam und von der Last schwerer Jahre niedergedrückt; da legte ich aber die Hand auf seine Schulter und hatte ein Gefühl, als ob ich auf Stein griffe.

„Erzählen Sie zu Ende!", sagte ich, „dies war nur eine sentimentale Einleitung."

„Ja, Sie haben Recht. Meine wahre Geschichte beginnt erst. Der Sohn, jung und beweglich, hatte den Vater vergessen, aber der Vater konnte den Sohn nicht vergessen. Ein einfaches Lied. Da kam die Zeit der Bauernaufstände. Burgen sanken in Trümmer; Flammen fraßen die Hochsitze der Ritterschaft. Es war eine wilde, blutige Zeit. In einer Nacht zogen die Aufständischen gegen den Gravichenstein. Das Ungeheuerliche geschah. Der Junker, der Sohn, stand unterm Bundschuh und zog gegen die Burg seines Vaters. Der Bauerngraf führte den besessenen Haufen an. Es war ein Metzeln und Schlachten. Das Blut floss aus geöffneten Adern; die Nacht war erleuchtet vom Fackelschein und Feuer. Im Qualm des Kampfes stießen sie aufeinander. Im Tumult des Hasses führte das Schicksal sie zusammen. Die Macht der Hölle zwang sie zu diesem düsteren Wiedersehen."

Wieder brach er im Erzählen ab, diesmal aber schien

seine Gestalt zu wachsen, während er stumm blieb und sich langsam erhob. So stand er aufrecht vor mir, in sich selbst gefestigt und unsichtbar gestrafft. Die Augen wurden unruhvoll belebt. Er war wie ein uraltes Tier, mystisch entfacht und lauernd im Begriff, auszubrechen. Ich gestehe, dass ich Furcht vor ihm hatte, als er so dastand und mit der Qual seiner Vorstellungen rang.

„Vater und Sohn!", rief er und ein heiseres Lachen brach über seine Lippen. Nahe kam er auf mich zu, brachte die Blutlosigkeit seines Antlitzes bis vor meine Augen und war nun ganz Kreatur, die hemmungslos dem Entsetzen ausgeliefert ist.

„Vater und Sohn, von Mord und Brand und Blut umgeben. Der Sohn schwingt das Beil, erkennt, die Arme zum Schlag wuchtig gerüstet, den Vater - und bleibt erstarrt bewegungslos. Wird zur Statue, mit verzerrtem Antlitz, das Beil hoch überm Haupt in den muskelgespannten Armen!"

Diesen Satz schrie er mir zu wie ein Irrer: „Da traf ihn mein Schwert!"

Er brach zusammen, verschrumpfte in sich selbst; sank wie ein lebloser Klumpen in die Fensternische und ließ den Kopf auf die Brust hängen. War er toll?! War er ein Narr!? Was hatte er gesagt! Langsam kam Bewegung in ihn; er kroch aus sich heraus wie eine Schnecke, richtete die Lichter seiner Augen auf mich und nahm eine demütig geduckte Haltung ein.

„Nein, nein, alles Torheit! Unsinn. Hören sie nicht auf mich! Aber glauben Sie mir, es gibt Ungeheuerlichkeiten. Ich habe das nur so hingesprochen. Geplappert. Glauben

Sie nicht an Tollheiten. Gespinst."

„Dies ist kein Gespinst!" Ich war erschüttert.

„Kein Gespinst?!" Er schaute mich misstrauisch an. „Kein Gespinst, sagen Sie? Ich will Ihnen noch etwas verraten. Unten im Dorf, dort wo die Straße nach Leimen führt, steht rechts ein Haus, am Ausgang des Dorfes. Dort wohne ich. Kommen Sie zu mir. Es existiert eine alte Handschrift, die Ihnen darüber berichtet. Kommen Sie, es mag gewiss wertvoll für Sie sein. Dies will ich Ihnen noch sagen, bevor ich gehe: Der Vater trug den Sohn aus dem Gewühl des unmenschlichen Kampfes. Durch den Hohn der Nacht schleppte er ihn mit wankenden Knien bis tief in den Wald hinein. Dort verblutete er langsam in den Armen seines Mörders. Und der Vater fand nicht den Mut, ihm zu folgen. Er zog durchs Land und mischte sich unter das Volk. Wurde ein gemeiner Bauer und Knecht; Mann in der Fron des Lebens. Kommen Sie zu mir, ich will Ihnen die Handschrift zeigen."

Langsam erhob er sich, ein lebendig gewordener, morscher Fels, und wankte an mir vorüber, der ich das Erlebnis nicht begreifen wollte.

„Wer sind Sie?", rief ich ihm noch nach. „Ich habe eine furchtbare Ahnung."

Da wandte er sich nochmals um, blieb stehen und schaute zu mir herüber. War wie aus dem Schutt emporgewachsen.

„Fragen Sie nicht! Aber glauben Sie mir, es gibt einzelne Menschen auf der Welt, die sagenhaft alt werden."

Er verschwand im Trümmerfeld der Ruine. Wurde grau wie Stein und Jahrtausend.

Ich fand das Haus. Es war das älteste im Dorf und stammte aus dem Ende des 15. Jahrhunderts. War von einfachen Bauersleuten bewohnt. Als ich nach dem alten Mann fragte, wusste niemand etwas von ihm. Ich war seltsam betroffen und berichtete Einzelheiten. Die Leute lachten mich aus. Nirgends im Dorf lebte ein alter Mann, auf den meine Beschreibung gepasst hätte.

„Aber hier!", rief ich erschrocken und deutete auf ein rissiges, vergilbtes Ölbild, das in einer dämmrigen Ecke hing und einen alten Mann in bäurischer Tracht darstellte. „Was für ein Bild ist das? So sah der Alte aus, genau trägt das Bild seine Züge."

„Das Bild ist schon einige Menschenalter in unserer Familie. Wir wissen nicht. woher es stammt. Dieser Mann soll ein Ritter vom Gräfenstein gewesen sein und einen verrückten Sohn gehabt haben. Sie nennen ihn Bauerngraf."

Mehr vermochte ich nicht zu erfahren. Meinem Drängen folgend, wühlten die Leute aber in einer alten Truhe, die zwischen dem Gerümpel des Speichers stand, und fanden in der Tat eine verblasste Handschrift, von deren Vorhandensein sie selbst nichts gewusst hatten und die sie mir verwundert aushändigten. Die Schrift war sorgfältig abgefasst und mit hübschen Initialen geschmückt.

Ich versuchte, darin zu lesen, vermochte aber nichts zu entziffern, denn die Aufzeichnungen waren in einer Sprache geschrieben, die ich nicht verstand. Ich nahm die Schrift an mich und zeigte sie verschiedenen Gelehrten und Forschern. Niemand aber war imstande, die Zeichen zu entziffern.

Vielleicht, dass irgendein weiser Mann und hochgelehrter Professor Auskunft geben kann über Art und Herkunft der Schrift, und so will ich nicht zögern, hier den Titel und eine Zeile der ersten Manuskriptseite herzusetzen, mich der Hoffnung hingebend, es möchte vielleicht doch jemand, der meine Geschichte liest, imstande sein, Licht in das Dunkel zu bringen.

Das Titelblatt trug die Aufschrift: Lecanto bellares nicossa amientatos 1521.

Und die erste Zeile lautete also: Chi mi poristate un lecanto bellares vietallo mi secco in gravichenstein satiento callentare ...

(Ich bin gern bereit, irgendwelchen Gelehrten, die mit der rätselhaften Schrift sich ernsthaft beschäftigen die Absicht zu haben, das wertvolle Manuskript für die Zwecke der Forschung zu treuen Händen zu überlassen, wobei ich nicht unerwähnt lassen will, dass gerade die Handschrift in einem Roman, den ich unter dem Titel: „Der Bauerngraf" zu schreiben gedenke, eine bedeutsame Rolle spielen wird und somit eine einwandfreie wissenschaftliche Entzifferung für mich von besonderem Wert sein würde.)